河童

[日] 芥川龙之介 著

王星星 译

 北京联合出版公司
Beijing United Publishing Co.,Ltd.

只 为 优 质 阅 读

好
读

Goodreads

目 录

大导寺信辅的半生

——一幅精神风景画

一　本所①

　　大导寺信辅出生在本所的回向院附近。在他的记忆里，
这里没有任何漂亮的街道，也没有任何漂亮的房子。尤其自己
家附近，不是木匠铺，就是粗点心铺、旧货铺，家家户户门前
的道路永远都泥泞不堪。道路尽头还有一条竹仓②的大水沟。
漂浮着绿藻的水沟总是释出恶臭。生活在这样的地方，他理所
当然地感到特别郁闷。而本所之外的街区更令他不快。从普
通住家占大多数的山手，到美观的商铺鳞次栉比，自江户时代
延续下来的老街，都给他带来一股压迫感。比起本乡、日本
桥③，他反倒更爱冷清的本所——爱这里的回向院、驹止桥、

①本所：地名，位于东京都墨田区。
②竹仓：墨田区横纲町一丁目一带的通称，过去曾有沟渠、杂木林。
③本乡是东京艺术文化氛围较为浓厚的一片区域，日本最高学府
东京大学最有名的校区即为本乡校区；日本桥百货公司林立，是非常
繁华的商业区。

横纲、水渠、榛马场、竹仓的大水沟。这种感情，与其说爱，不如说是近乎怜悯。然而哪怕是怜悯，直到三十年后的今天，时常闯入梦境的依然只有这些地方……

信辅自记事起就一直爱着本所的街巷。本所的街边没有树，常年弥漫沙尘。然而也是这样的街巷教会了年幼的信辅何为自然之美。信辅是在杂乱的街巷里吃粗点心长大的少年。乡村——尤其是本所以东有很多水田的一片乡村，没有给如此成长起来的他带来丁点趣味。比起自然之美，那片乡村反倒只令他亲眼看见了自然的丑陋。然而本所的一条条街巷，即便自然风光贫乏，那挂着花的屋檐长出的小草，倒映在水洼里的春天的云彩，却流露出了惹人怜爱的美。因为它们的美，信辅也在不知不觉间爱上了大自然。不过，带信辅领略自然之美的不只是本所的街巷，还有书——他在小学时代如痴如醉地读了一遍又一遍的德富芦花的《自然与人生》，以及约翰·卢伯克的译作《论自然美》，这些当然也启迪了他。然而对他欣赏自然的眼光影响最深的还是本所的一条条街巷，一条条房屋、树木、道路全都一派寒酸的街巷。

对信辅欣赏自然的眼光影响最深的确实是本所的寒酸街巷。信辅后来时常去本州各地短期旅行。然而，木曾的粗犷总令他畏缩，濑户内的优雅又让他觉得了无生趣。他爱的是比这等风光寒酸许多的自然景致，特别是隐隐潜伏在人工文明中的自然之景。三十年前的本所处处还残留着这样的自然美——渠边柳，回向院的广场，竹仓的杂木林。信辅没法像朋友一样去日光、镰仓旅行，但他每天早上都会和父亲一起在家附近散步。这对当时的信辅来说确实是莫大的幸福，同时也是不好意思拿出来在朋友们面前炫耀的幸福。

一个朝霞渐消的清晨，信辅和父亲如往常一般去百本杭①散步。即便在大河河岸当中，百本杭也是垂钓人尤其多的地方。然而那天早上，视线所及之处竟无一人垂钓。宽阔的河岸上只看到海蟑螂在石墙缝里爬动。信辅本想问父亲今早为何没人，然而还没开口，倏忽间已发现了答案。晃动着朝霞倒影的水波上，一个光头死尸漂浮在被带着滩涂气息的水草缠裹，气味纷繁的乱木桩之间——时至今日，信辅依然清晰地记得那天早上的百本杭。那天早上的百本杭——这幅风景画同时又是本所的街巷投射出的所有精神阴影。

---

①百本杭：字面意思是"一百根桩子"，特指横纲町附近的隅田川河岸。这里过去为防波打了很多桩，因此得名"百本杭"。

二 牛奶

信辅从没喝过母乳。一向体弱的母亲在生下宝贝独生子信辅后，没有给他喂过一滴母乳。非但如此，雇用乳母对这个贫寒的家庭来说也是想都不敢想的一件事。因此，自出生以来，信辅一直是喝着牛奶长大的。当时的他不由得憎恨如此命运。信辅看不上每天早上送到厨房来的牛奶瓶，艳羡无论不懂什么，总还知道母乳滋味的朋友。其实升上小学时，有一回年轻的舅母来家里拜年还是什么的，涨奶涨得难受，就往黄铜漱口碗里挤奶，可怎么挤都挤不出来。舅母皱着眉，半是打趣地说："要不让小信给我吸出来？"然而自小喝牛奶长大的信辅当然不可能知道该怎么吸奶。舅母最后请邻居家的孩子——木匠家的女儿帮忙吸了发硬的乳房。乳房是饱满的半球状，上面布有青色的筋脉。生性害羞的信辅即便会吸，肯定也没办法吸舅母的母乳。然而即便如此，他还是讨厌上了邻居家的女儿，同时也讨厌让邻居家女儿吸奶的舅母。这件小事在他记忆里只留下了深重的嫉妒。又或许，他的vita sexualis①也是自那时起

---

① Vita sexualis：拉丁语，意为"性欲生活"。

开始的……

　　信辅只知瓶装牛奶，不知母亲乳汁的滋味，他为此感到羞耻。这是信辅的秘密，绝不能告诉任何人一生的秘密。对当时的他来说，这个秘密又伴随着某种迷信。信辅瘦得可怕，唯有脑袋看着显大，他还容易害羞畏怯，连看到肉铺上磨得锃亮的菜刀都会心跳加速。这一点——尤其是这一点，与在伏见鸟羽之战中经历过枪林弹雨，自恃勇猛的父亲无疑大相径庭。不知从几岁起，亦不知出于何等缘由，信辅坚定地认为自己与父亲不同是因牛奶所致。若是因为牛奶，一旦显露丁点软弱，朋友们必定就能看穿自己的秘密。因此，无论何时，信辅总会应下朋友们发起的挑战。挑战当然不止一种。有时是不撑竹竿，跳过竹仓的大水沟，有时是不用梯子，爬到回向院的大银杏树上去，有时是与他们当中的其中一个吵架斗殴。信辅一走到大水沟前，膝头就要打战，但他依然紧闭眼睛，竭尽全力从漂浮着绿藻的水面上跳了过去。爬回向院的大银杏树时，和朋友吵架时，这种恐惧和彷徨的感觉依然会向他袭来。然而每次他都勇敢地征服了这些挑战。即便源自迷信，这也确实是一种斯巴达式的自我训练。这种斯巴达式训练在信辅的右膝盖上留下了一生都消除不了的伤痕。恐怕也影响了他的性格——信辅如今依然记得盛气凌人的父亲发出的牢骚——"明明是个窝囊小子，做任何事还那么要强"。

幸而他的迷信渐渐消散了。非但如此，他还在西方历史中发现了至少能够反证自己的迷信不足取的证据。那是书中的一个章节，讲述罗马城开创者罗慕路斯由一匹狼喂养长大。自那以后，信辅对不知母乳滋味一事越发无所谓。不，应该说喝牛奶长大反倒成为他的骄傲。信辅还记得升入中学的那个春天，他和上了年纪的舅舅一起去舅舅当时经营的牧场。尤为深刻的一段记忆是穿着校服的他终于把胸口抵在栅栏上，给一头走到自己面前的白牛喂了干草。牛仰视着他的脸，静静地把鼻子凑到干草前。信辅看着牛脸，突然从牛的眼睛里感受到了某种类人的东西。是幻想吗——可能是吧。然而，他如今依然记得有那么一头大白牛仰视着开花的杏树枝下，靠在栅栏上的自己。深切地、充满怀念地记得……

三　贫穷

信辅家境贫穷。不过不是那种群居在大杂院的底层阶级式的贫穷，而是为了维持体面，必须承受更多痛苦的中流底层的贫穷。身为退休官员的父亲，除了多少有一点的存款利息外，只能用每年五百日元的退休金养着女佣和一家五口，因此自然要节俭再节俭。一家人住在连玄关都有五处——并且还带一座小小庭院的房子里，然而家里人几乎都不怎么做新衣服。父亲晚酌时享用的酒都是上不了台面的便宜货，母亲也在外褂下藏起满是补丁的腰带。信辅也是——直到现在他还依然记得自己那张油漆味浓重的桌子。桌子虽是买的旧货，但铺在桌面上的绿色罗纱和抽屉上泛着银光的五金，乍看起来也算精巧美丽，然而罗纱其实只有薄薄一层，抽屉也从没正儿八经地打开过。与其说是桌子，毋宁说是他家的象征，永远只管粉饰体面的家庭生活的象征……

信辅憎恶这样的贫穷。应该说，事到如今，当时的憎恶依然在他内心深处留下了难以消除的回响。他买不了书，参加不了学校的暑期补习，穿不了新外套。然而朋友们却都样样不落。信辅羡慕他们，有时甚至嫉妒他们，可他却不承认自己的嫉妒与羡慕，认为自己是瞧不上他们的才智。然而对于贫穷的憎恶却并没有因此改变分毫。陈旧的草垫，昏暗的电灯，爬山虎纹样剥落斑驳的唐纸①——信辅憎恶家中的一切寒酸物品。然而这还不算什么，他甚至仅仅因为家境寒酸而憎恶自己的亲生父母。父亲多次去学校参加家长会，信辅为父亲出现在朋友

---

①唐纸：一种自中国传入，印有金银色或各种纹样的纸张。

们面前而羞耻，同时又羞耻于自己以生父为耻的卑劣心思。他模仿国木田独步写的《不自欺记》里，其中一张泛黄的线稿纸上写有如此一节——

"吾无法爱父母。不，非无法爱也。纵爱父母其人，亦不能爱父母形貌。以貌取人乃君子所耻也，遑论挑剔父母形貌。虽则如此，吾实无法爱父母形貌……"

然而比起寒酸，更让他憎恶的是源自贫穷的虚伪。母亲把包在风月堂①点心纸里的蜂蜜蛋糕作为赠礼送给亲戚，可里面的哪是风月堂点心，根本就是从附近的点心店买来的普通蛋糕。父亲也一样——别管多么煞有介事地教导他"勤俭尚武"，据父亲所言，既有了一本陈旧的《玉篇》②，再买《汉和辞典》竟已属"奢侈文弱"！这还不算，就谎话连篇而言，信辅自己都未必逊色于父母。信辅每月有五十钱的零花，为了买垂涎已久的书、杂志，他总会尽可能多要一点。有时是丢了找的钱，有时是买了笔记本，有时是交了学友会的会费——想尽所有好用的借口从父母口袋里掏钱。要是用尽办法，钱还是不够，他就机灵地讨父母欢心，先把下个月的零花钱搜刮过

①风月堂：源自江户时代的有名点心铺。
②《玉篇》：中国梁、陈朝时期的大学者和训诂学家顾野王所著的字典，以笔画查字。

来。信辅尤其会在疼爱自己的年迈母亲面前卖乖讨巧，当然，对自己撒的谎，他同样也像对待父母的谎言一样心中不快。但他仍然这么做了，大胆而狡猾地做了。这对他来说无疑是最有必要做的事情，同时也给他带来病态的愉悦感——一种类似于弑神的愉悦感。唯独在这一点上，他确实像个不良少年。他在《不自欺记》的最后一页留下了如此几行文字——

"国木田独步讲爱上爱，吾便说恨上恨。恨吾之于贫穷，之于虚伪，之于一切的恨……"

这便是信辅的本心。不知何时，他开始憎恶自己对于贫穷的憎恶。这样的双重憎恨一直折磨着二十岁之前的他。不过，他也并非完全没有体尝过幸福的滋味。每逢考试，信辅总能考出第三、四名的成绩。还有个低年级的漂亮女生曾经主动向信辅示爱。然而这些终归只是阴天漏下的几缕阳光，憎恶比任何感情都更为沉重地压在他的心头，还在不知不觉间留下了难以抹除的痕迹。即便后来脱离了贫穷，他依然难以自抑地憎恶着贫穷。同时也像憎恶贫穷一样，难以自抑地憎恶奢华。奢华——对奢华的憎恶是中流底层阶级的贫穷给予他的烙印，或者说是只有中流底层阶级的贫穷方能留下的烙印。时至今日，信辅依然能感受到自己内心的这股憎恶，他憎恶着不得不与贫穷抗争的可怕的中产阶级道德……

四　学校

学校也只留给信辅一些晦暗的记忆。大学期间，除了不做笔记的两三门课以外，他从未在学校的任何课程中感受到乐趣。从初中到高中，从高中到大学，升学仅仅是他用以摆脱贫穷的一条救命绳索而已。不过，初中时代的信辅并不承认这一事实，至少没有明确承认过。然而初中毕业后，贫穷的威胁有如阴云密布的天空，压上信辅心头。上高中和大学的时候，他曾无数次计划退学。然而每当此时，来自贫穷的威胁就会向他展示黯淡的未来，轻而易举地制止他的行动。毫无疑问，信辅憎恶学校，尤其憎恶没有自由的初中。门卫的喇叭声听着多么刻薄啊，操场上的白杨长得多么沉郁啊。信辅在这里学到了所有无用的小知识——西方历史朝代，不做实验就能掌握的化学公式，欧美某个城市的人口总数。但凡付出点努力，学起来绝对不费劲。所谓无用小知识的事实，要忘掉也很困难。陀思妥耶夫斯基在《死屋手记》里讲述了被迫从事像把第一个水桶里的水倒进第二个水桶，再从第二个水桶倒进第一个水桶这种无用劳役的囚犯自杀身亡的事。在铅灰色的校园里——高耸的白杨沙沙作响，信辅体会到了囚犯的那种精神痛苦。

非但如此，他最憎恶老师的时期也是在初中。老师们当然不是个个人坏，然而"教育责任"——尤其是处罚学生的权力自动把他们变为了暴君。为了在学生心中种下自己的偏见，他们不会采取除此以外的任何手段。事实上，其中有个老师——一个绰号叫"不倒翁"的英语老师就常常以"狂妄"为由对信辅施以体罚。然而他认为信辅"狂妄"的缘由，归根结底，仅仅是因为信辅阅读国木田独步和田山花袋的书而已。还有个老师——一个左边装了假眼的国语老师，不喜信辅对武术、体育比赛全无兴趣的习性，为此多次嘲笑信辅道："你难道是女人吗？"有一次，信辅勃然大怒，脱口反问道："老师是男人吗？"国语老师自然免不得狠狠惩戒了出言不逊的他。除此以外，回看纸张泛黄的《不自欺记》，就会发现令信辅蒙受屈辱的事情简直不胜枚举。自尊心强烈的信辅说什么都要保护自己，为此总是不得不反抗这样的屈辱。如果不这么做，他只会像所有不良少年一样轻视自己。自然，他是把《不自欺记》当作了锻炼自疆术①的工具——

"吾所蒙受众多恶名，可分三类。

---

①自疆术：一种融合了道家的导引行气法和近代体操的健康疗养功法，盛行于日本大正时代中期。

"其一为文弱。所谓文弱，意指重精神之力胜过肉体之力。

"其二为轻佻浮薄。所谓轻佻浮薄，意指不爱功利独爱美。

"其三为傲慢。所谓傲慢，意指不妄于人前折损自身信仰。"

不过，并非所有老师都对信辅施加了迫害。有老师邀请信辅参加自己的家庭茶话会，还有老师借给信辅英文小说。信辅记得，自己大四毕业时，在借来的小说中发现了《猎人日记》一书，他忘乎所以地读完了那本小说。然而，"教育责任"常常给他们与其他人之间的亲密交往带来阻碍。得到他们的好意相待，其实是因为自己对身为掌权者的他们付出了阿谀奉承的卑劣之举，要么就是心思丑陋地对他们怀有同性之爱。一旦面对老师，信辅怎么都没办法表现得自如。非但如此，有时还会不自然地把手伸到卷烟盒里拿烟，要么就站在原地，没有任何反应。老师们自然都把他这些没礼貌的举动视作了挑衅。他们这么想也是合情合理的。信辅本来就绝对不是那种惹人喜欢的学生。压箱底的老照片拍出了他长着与体形不相称的硕大脑袋，只有眼睛带些神气，看起来体弱多病的少年形象。这个脸色不豫的少年还总是抛出辛辣的问题，通过惹恼善良的老师获得无上的愉悦！

　　每次考试，信辅总能考出高分。然而唯有所谓的品德成绩从没超出过6分。他看到阿拉伯数字6，就能感受到教师办公室里的冷笑。其实，老师们拿品德成绩取笑信辅确有其事。因为这6分，信辅从没考到第三名以前的名次。他憎恶老师的这种复仇举措，憎恶如此展开复仇的老师。如今依然——不，如今，他不知何时早已遗忘了当时的憎恶。初中对他来说就是一场噩梦。不过噩梦不一定就意味着不幸。至少，他因此养成了可以忍受孤独的性格。不然前半生大概会比现在更加痛苦吧。他梦幻般成了几本书的作者，可得到的终究是落寞的孤独。在安于孤独的今天——或者说在知道除了安于孤独也别无其他选择的今天，回首过去的二十年，曾经带给他痛苦的校园反倒好似坐落在一片带着美丽玫瑰色彩的微亮空间里。不过，唯有操场上的白杨树依旧从郁郁葱葱的梢头传来冷寂的风声……

五　书

　　信辅对书的热情始于小学时代。开启这份热情的是放在父亲书箱最下面的帝国文库版《水浒传》。顶着硕大脑袋的小学生信辅就着昏暗的灯光，翻来覆去地读那本《水浒传》。哪怕没打开书看的时候，他都在想象那替天行道的大旗、景阳冈的老虎、吊在菜园子张青家房梁上的人腿。想象？——想象其实比现实更像现实。不知多少次，他提起木剑，在悬挂着干菜叶的后院与《水浒传》里的人物—— 一丈青扈三娘、花和尚鲁智深缠斗。这样的热情一直掌控着他，三十年来从未间断。他记得自己曾屡屡彻夜读书。桌前、车上、厕所里——有时走在路上都要如痴如醉地看书。《水浒传》的热情过去以后，他自然再没提起过木剑。在书的世界里，他一次次欢笑，一次次哭泣。这就是所谓的变身，变成了书中的人物。他就像天竺的佛陀一样，经历了无数前世。卡拉马佐夫兄弟、哈姆雷特、安德烈公爵、唐璜、恶魔梅菲斯特①、列那狐②——并且有些前世还经历了不止一次。现在，一个晚秋的下午，为了讨点零花钱，他来探望上了年纪的叔父。叔父出身长州荻市，他故意在叔父面前大谈特谈维新大业，上至村田清风，下到山县有朋，把长州出身的维新人士夸了个遍。而实际上，这个面色苍白，假作慷慨激昂之态的高中生，当时不再是大导寺信辅，而是变身为于连——《红与黑》中的主人公。

---

①歌德所著《浮士德》中的恶魔角色。

②列那狐：中世纪德国民间传说里的狐狸。歌德叙事诗《列那狐》中的角色。

这样的信辅理所当然地从书中学习一切，至少他没有接受任何完全与书无关的知识。事实上，他不会为了了解人生而去观察街头的行人，反倒是为了观察街头的行人而去了解书中描绘的人生。这或许是一种了解人生的迂回策略吧。然而，街头的行人对他来说只是陌生的路人，为了了解他们——了解他们的爱、他们的恨、他们的虚荣，他唯一的办法就是读书。尤其是读诞生于世纪末欧洲的小说、戏剧。在书本的冰冷光芒里，他终于看到了展现在眼前的人类喜剧，哎呀，或许也看到了自己不辨善恶的灵魂。他的发现不仅限于人生，还有本所众多街巷的自然之美。他爱读的几本书——特别是元禄时期的俳谐，给他观察自然的眼光增添了几许敏锐。读完这些书，他看到了本所的街巷未曾让他看到的自然之美——"京都附近的山""郁金香花田的秋风""海面落下阵雨时的片片风帆""隐入暗色的夜鹭鸣啼"。"从书本走入现实"一向是信辅信奉的真理。前半生里，他喜欢过几个女孩，可她们没有一人教会信辅何为女子之美，至少没有让他明白书本以外的女子之美。信辅从戈蒂埃、巴尔扎克、托尔斯泰那里，了解了睫毛的影子落在透光的耳朵、脸颊上的美。直到现在，它仍然是信辅认为的女子之美。要是没从他们笔下学到这些，也许他看到的就不是女子，而是雌性……

不过，贫穷的信辅终究不能随心所欲地购买自己想读的书。让他得以勉强挣脱此等困境的，一是图书馆，二是租书店，三是他遭人非议为吝啬鬼的节俭。面朝大水沟的租书屋、租书屋里善良的老婆婆、老婆婆另外鼓捣的花簪手工活——他都记得清清楚楚。老婆婆相信终于上了小学的"小少爷"是个天真无邪的孩子，而这个"小少爷"不知何时学会了一边装作找要租的书，一边偷偷读书。他还清清楚楚地记得——二十年前尽是挤挤挨挨的二手书店的神保町大街，二手书店屋檐受阳光照射的九段坂斜坡。不必说，当时的神保町大街既不通电车，也没有马车。他——十二岁的小学生，就把便当和笔记本夹在腋下，为了去大桥图书馆，在这条路上来来回回走过无数次。从大桥图书馆到帝国图书馆，路程往返加起来有一里半。他还记得帝国图书馆给予自己的第一眼感受——高高的天花板让他恐惧，大大的窗户让他恐惧，无数人坐满无数张椅子的景象让他恐惧。幸而去了两三次以后，恐惧的感觉就消失了。他一下子对阅览室、铁质楼梯、书目箱、地下食堂产生了一股亲近感，其后又对大学图书馆、高中图书馆产生了亲近感。在这些图书馆里，他借阅了不知几百本书。而在借来的书中，他又深爱着不知几十本书。然而他所爱的——凡是不问内容如何，单爱书本身的，几乎全是他自己买来的书。为了买书，信辅从不去咖啡店。可他的零花钱自然常常是不够的。为此，他每周给上初中的亲戚上三次数学课。如果钱还不够，就只能无奈卖书。然而即便是新书，卖价也不可能超过买时的一半。并且，将多年珍藏的书卖给二手书店于信辅而言是一个悲剧。某个下着细雪的夜晚，信辅一家家逛神保町的二手书店，在其中一家店发现了一本《查拉图斯特拉如是说》。它不是随便的一本《查拉图斯特拉如是说》，书身沾满翻阅后的污迹，正是差不多两个月前自己卖出去的那本。信辅久久站在店门口，又一次来来回回地翻完了这本旧书。越看怀念之情越盛。

"这本书多少钱？"

才在店前站了十分钟，他已经拿起《查拉图斯特拉如是说》询问二手书店的女店主。

"一日元六十钱——给您优惠点，一日元五十钱。"

信辅想起来，自己这本书只卖了七十钱，好不容易才把价格砍到两倍——一日元四十钱，最后把书买了回来。雪夜的路上，家家户户和经过的电车都静悄悄的。他跋涉在这样的路上，回遥远的本乡，途中不断摩挲着怀里钢铁色封皮的《查拉图斯特拉如是说》，同时口中又连连嘲笑着自己……

六　朋友

再怎么端方的君子，如果除了品行以外没有其他可取之处，对信辅来说就是无用的路人。不，应该说是让他一看到就忍不住揶揄嘲笑的小丑。这样的态度对品德成绩只有6分的他来说无疑是理所当然的。从初中到高中，从高中到大学，他从未停止过对他们的嘲笑。当然，有些被嘲笑的人对此愤慨不已，然而还有些人为了感受他的嘲笑，越发成为君子的模范。被人称作"讨厌的家伙"常常会让信辅多多少少得到愉悦感。然而无论如何嘲笑他人都得不到更多反应一事又让他不由自主地感到愤慨。君子当中的一个人——某个高中的文科生是利文斯敦的忠实拥趸。和他同宿舍的信辅有一次煞有介事地胡言乱语，说拜伦也读了利文斯敦传，读后泪流不止。自那以后的二十年来，这位利文斯敦的崇拜者长年在一家基督教会发行的杂志上赞美利文斯敦，他的文章总是以此开头——"就连恶魔诗人拜伦，在读到利文斯敦传记后也会泪流不止。这告诉了我们什么呢？"

信辅没办法在交朋友的时候不在意对方的才气如何。即便为人并非君子，但凡没有强烈的求知欲，对他来说就如同路边的陌生人。信辅不渴求朋友们待他亲和。他的朋友们哪怕没有青年的心态都无关紧要。不，应该说他反倒畏惧所谓的密友。他的朋友们必须有头脑——聪明的头脑。他爱有如此头脑的人，胜过任何好看的少男少女。与此同时，他憎恨有如此头脑的人，胜过任何君子。事实上，他对朋友怀有的友情常常是一种在爱中孕育了几分憎恶的热情。时至今日，信辅依然相信友情只有这一种形式，至少除了这样的热情之外，再没有任何一种不带主仆意味的友情。更别提当时的朋友们在某些方面还是与他水火不容的死敌。他以自己的头脑为武器，不断与朋友们争斗。惠特曼、自由体诗、进化论——战场几乎无处不在。有时他打倒朋友，有时他被朋友打倒。这种精神上的争斗无疑是为了获得杀戮的快感，然而争斗过程中会自然涌现新的观念和美的姿态也是不争的事实。凌晨三点的烛火如何映照了他们的论战，武者小路实笃的作品又是如何支配了他们的论战啊——信辅还清晰地记得九月的某个夜晚，成群聚集到蜡烛周边来的大大的飞虫。飞虫乍一下从黑沉沉的夜里闪亮登场，然而一碰到烛火，就梦幻般啪嗒啪嗒坠落死亡。他似乎到现在才恍然感到，这幕景象也许是一段珍贵无价的回忆。直到今天，每当信辅回想起这一幕——回想起美得不可思议的飞虫的生死，心底总会莫名感到些许寂寥……

信辅没办法在交朋友的时候不在意对方的才气如何。才气是他交朋友的唯一标准，然而也并非全无例外。这例外便是横亘在朋友与他之间的阶级差异。对成长环境相似的中产阶级青年，他不带任何挑剔的眼光。然而对于了解甚少的上层阶级青年——有时甚至是对中产偏上阶级的青年，他都会奇异地产生来自第三者的憎恶。他们当中有些是懒汉，有些是胆小鬼，还有些是官能主义的奴隶。然而信辅憎恶他们的原因并不一定仅限于此。不，倒不如说比起这些，最大的原因是某种模糊不明的东西。不过，他们当中有些人也在无意识地憎恶着"这个东西"，因此会对下层阶级——与他们完全相反的社会地位——产生病态的憧憬。信辅同情他们，然而他的同情毕竟没有任何作用。后来，高中时的信辅曾与他们当中的其中一个——某个男爵家的长子——一起站在江岛的山崖上，眼下就是波涛汹涌的海岸。他们给一帮"潜水"少年①丢了几枚铜钱。每次有铜钱落到海里，少年们就扑通扑通地跳入海中。然而只有一个海女在山崖下点燃的火堆前笑着旁观。

"这次要让她也去跳海。"

他的朋友把一枚铜钱包在烟盒的银纸里，然后后仰起身

---

①指下海从事海产品人工捕捞作业的人，意同后文中的"海女"。"海女"特指从事海下人工捕捞作业的女性。

子，用力抛出铜钱。铜钱闪着耀眼的光，落到了风高浪急的远方。此时海女已经一马当先地跳进了海里。直到现在，朋友嘴角边浮现残酷微笑的模样都栩栩如生地留在信辅的记忆里。朋友的语言学习能力胜过常人，不过犬齿也确实比常人更为锐利……

　　附记　我打算把这篇小说扩写到现在的三四倍。此番公布的篇幅无疑相当不符合文题《大导寺信辅的半生》，可没有其他替换的文题，无奈便使用了这个题目。敬请诸位把它当作《大导寺信辅的半生》第一章。大正十三年十二月九日，作者记。

玄鹤山房

一

……这是一栋小巧整洁、门楣幽雅的房子。当然，这样的房子在这一带很是常见。然而"玄鹤山房"的牌匾和透过围墙看到的庭院、树木等，使它比其他任何一栋房子都更具风雅意味。

房主堀越玄鹤在画家中多少也有些名气。然而他挣下资产靠的是胶印专利，或者也可以说，是获得了胶印专利后买进的地皮。其实他持有的郊区地皮连生姜都养不好，不过如今已经摇身一变，成为青红瓦相接的所谓的"文化村"……

这事姑且放到一边，总之，"玄鹤山房"就是一栋小巧整洁、门楣幽雅的房子。尤其近来，隔墙松①挂上防雪的草绳，铺在玄关前的枯松叶上，紫金牛的果实鲜红欲滴，看起来

———————————

①隔墙松：种在庭院围墙边，可以从墙外看到的松树，庭院造景的一种。

更是风雅。并且房子所在的小巷几乎也没有行人。就连卖豆腐的小贩经过此处时，都会先把担子放在大路上，单单吹着喇叭走过去。

"玄鹤山房——玄鹤指的是什么呢？"

偶然从房前经过的长发绘画学生夹着细长的画具箱，对另一个同样穿着金色纽扣制服的绘画学生说道。

"谁知道呢，总不会是取自'严格'①的谐音吧。"

两人都笑了，边笑边不以为意地从门前走了过去。身后冻硬的土地上，只有不知是他们当中的哪个丢下的"金蝙蝠"②烟蒂冒出微弱的一线青烟……

二

重吉还没成为玄鹤的女婿之前就已经在银行工作了，因此回到家时常常都到了要开灯的时候。这几天来，他每次一进家门都会突然闻到怪异的气味，是得了在老年人中比较少见的肺结核病，躺在床上的玄鹤呼吸时散发出来的。不过，这样的气味当然不会蔓延到房子外边去。重吉腋下夹着冬天的外套，

①日语里的"严格"与"玄鹤"发音相同。
②金蝙蝠：日本一种价格低廉的卷烟，有着悠久的历史。

怀抱折叠皮包，踏上玄关前的石板，边走边不由得怀疑自己神经敏感。

玄鹤从"厢房"的床上起身，不平躺的时候，就会倚靠着被子堆成的小山。重吉脱下外套和帽子后，必然要来"厢房"前露个脸，习惯性地说声"我回来了"或者"您今天感觉如何"。但他很少跨过门槛走进去，既是因为害怕被岳父传染上肺结核，也是因为不喜欢岳父呼出的气味。玄鹤每次看到重吉，总是简单回以"哦"或是"回来了啊"。声音虚弱无力，与其说在说话，倒更像是在呼吸。得到岳父如此回应，重吉有时也会为自己的冷酷感到愧疚，可他实在是不敢走进"厢房"里去。

之后，重吉会去起居室隔壁看望躺在床上的岳母阿鸟。阿鸟在玄鹤尚未卧病在床之前——七八年前就瘫痪了，连厕所都去不了。听说玄鹤会娶她，除了因为她是某个大藩的家老之女以外，也是因为看中了她的姿色。即便已经上了年纪，阿鸟的眼睛还是很美。可她坐在床上，认真缝补白布袜的样子和木乃伊几乎没什么不同。重吉也对她说了句"母亲，您今天感觉如何"。留下简单的一句话后，他就进了六叠大的起居间。

妻子阿铃不在起居室，她和打信州来的女佣阿松一起在狭小的厨房忙活。收拾得干干净净的起居室就不说了，对重吉来说，相比岳父岳母的房间，就连安了文化灶①的厨房都让他乐意亲近得多。重吉是政治家家庭的次子，父亲一度当上过知事。然而比起豪爽外放的父亲，他性格内秀，更像过去曾是和歌诗人的母亲。这一点也在他亲和的眼神和尖细的下巴上得到了明显的体现。重吉走进起居室，脱下西服，换上和服，惬意地坐到长方形火箱前，时而抽一口便宜的卷烟，时而调笑一下今年终于上了小学的独生子武夫。

重吉总是和阿铃、武夫围坐在矮脚餐桌边吃饭。他们一向吃得很丰盛。然而近来虽说"丰盛"，却又隐隐透出穷酸，这都是因为家里来了照看玄鹤的护士甲野。不过，"甲野阿姨"在的时候，武夫照旧该怎么闹就怎么闹。不，或者可以说，就是因为"甲野阿姨"在，他才闹得更凶。阿铃时常皱眉瞪视调皮的武夫，武夫却只当看不懂，故意动作夸张地赶碗里的饭吃。重吉因为读了些小说，便从躁动的武夫身上感受到了"男子气概"，他也会感到不快，可基本上只会微笑以对，默默地吃自己的饭。

"玄鹤山房"的夜晚十分静谧。一大早就要出门的武夫就不说了，重吉夫妻俩一般到晚上十点也都上床睡觉了。之

①文化灶：一种经济好用的新型灶。当时新兴的商品通常喜欢冠以"文化"二字。

后还醒着的，就只有从九点左右开始守夜的护士甲野。甲野怀抱烧得正旺的火盆，瞌睡也不打，精神奕奕地坐在玄鹤枕边。玄鹤——玄鹤有时也醒着。然而除了汤婆子冷啦，敷的毛巾干啦，他几乎都不怎么开口说话。传到"厢房"来的动静，唯有庭院里竹子的沙沙作响声。甲野在微冷而静谧的空气里专心致志地守着玄鹤，心中思绪万千，想着这家人的心情，还有她自己的前路……

三

　　一个雪后放晴的下午，一个二十四五岁的女人牵着个细瘦的男孩出现在堀越家可以透过天窗瞧见碧蓝天空的厨房。重吉自然不在家，正踩着缝纫机的阿铃虽然多少有所预料，却依然感到为难，但她还是起身到起居室的长方形火箱前迎接客人。客人进了厨房以后，重新规整摆放好自己和男孩的鞋。（男孩穿着白色毛衣）仅这一个动作就将她的自卑表露无遗。然而女人自卑并不是全无道理。她是玄鹤这五六年来公然养在东京附近某处的外室阿芳，原本是女佣。

　　阿铃见到阿芳，瞬间感觉她老了许多。她的老不只表现在脸上。四五年前，阿芳的手是圆圆润润的，然而岁月连她的手也没放过，现在已经干瘦得能看到静脉了。穿戴也是——看到她手上的廉价戒指，阿铃仿佛感受到了家庭主妇的寂寥。

"我哥哥让我把这个带给老爷。"

进起居室前，阿芳终于畏畏缩缩地拿出一个用旧报纸包着的东西，轻轻放在厨房一角。恰巧在厨房洗碗的阿松手上一刻不停，不时斜睽一眼梳着光滑银杏发髻的阿芳，看到用报纸包的东西后，更是露出不怀好意的表情。包裹里的东西释放出一股与文化灶和各类精致碗碟绝不相容的难闻臭味。阿芳对阿松的反应视而不见，然而看到阿铃的脸色有些奇怪，便开口解释道："这是大蒜。"说完对啃着手指的男孩说："来，少爷，给主人家行个礼。"男孩自然是玄鹤和阿芳的孩子文太郎。阿芳喊他"少爷"，在阿铃听来实在是太可怜了。不过常识很快告诉她，对这样的女人来说，这么做也是无可奈何。阿铃维持着若无其事的表情，请坐到起居室一角的母子俩吃现有的点心、茶水，间或聊聊玄鹤的近况，逗逗文太郎……

玄鹤包养了阿芳后，也不嫌换乘电车麻烦，每周必定要去阿芳那里一两次。一开始，阿铃对这样的父亲很是嫌恶，还时常心想——"多少也该考虑下母亲的脸面"。不过，阿鸟似乎对一切都毫不在意。然而就因为母亲的不在意，阿铃反倒更加觉得母亲可怜，父亲去外室那里以后，她还对母亲撒些显而易见的谎话，说什么"今天有诗会"之类的。她自己也并非不知撒的谎没起作用。然而，有时看到母亲脸上近乎冷笑的表情，比起后悔撒谎，她倒是更容易对不体谅女儿良苦用心的瘫痪母亲感到失落。

阿铃送父亲出门后，时常也为了全家和乐停下手上缝纫的活计。即便在还没包养阿芳的时候，玄鹤对阿铃来说也不是个"伟岸的父亲"。当然，这对和善的阿铃来说不算一回事。她在意的只是父亲连书画古董都要接二连三地拿到外室那里去。从阿芳还在做女佣的时候起，阿铃就从没觉得她是坏人。不，应该说，阿铃一向觉得她比一般人怯懦。但阿铃不清楚阿芳那个在东京近郊卖海产品的哥哥打的是什么主意。说实在的，阿铃觉得那男人有些奸猾。阿铃有时会抓着重吉说她内心的担忧，可重吉不搭理她。"没道理让我去和父亲说这个事"——听他这么一说，阿铃只能闭嘴。

"父亲不会以为阿芳能看懂罗两峰的画吧？"

重吉偶尔也会漫不经心地和阿鸟聊起这样的话题。然而阿鸟总是抬头看着重吉，苦笑着说出这样一番话来。

"你父亲本来就是那个性格。他对着我都问过'这个砚台怎么样'之类的话呢。"

如今再看，对所有人来说，曾经的担忧实在是多余。今年入冬以来，由于病情陡然加重，玄鹤再也没办法去外室那里，竟出乎意料地老老实实答应了重吉要他与阿芳断绝联系的要求（不过，事实上，重吉提出的条件与其说是他想的，倒不如说是阿鸟和阿铃想出来的）。阿铃忌惮的阿芳的哥哥也做出了让她意想不到的举动。阿芳拿一千日元的分手费，回到上综①的父母家，此外每个月还能收到文太郎的抚养费——对这些条件，阿芳的哥哥没有提出半点异议。非但如此，还没开口，他就已经把玄鹤的珍藏，先前放在外室家中的一套煎茶茶具送了回来。之前还怀疑此人有所图谋的阿铃于是对他有了更深的好感。

"我妹妹说，如果人手不够，她愿意来照看病人。"

阿铃在给出答复前先去找了瘫痪在床的母亲商量。可以说，这绝对是她的失策。阿鸟一听她说这件事，就劝阿铃第二天就让阿芳带着文太郎一起过来。阿铃不能只考虑母亲，她怕因此扰乱一家人的生活，多次劝母亲改变想法（然后另一方面，由于夹在父亲玄鹤与阿芳的哥哥中间，不知不觉中也无法冷淡地拒绝母亲的要求了），可阿鸟怎么都听不进阿铃的劝告。

"我要是没听说这件事倒也罢了——是我们愧对阿

---

①上综：现千叶县中部地区。

芳啊。"

　　阿铃无奈，只得应下了阿芳哥哥的建议，让阿芳搬来家里。这或许也是不谙世事的她犯下的又一个错误。事实上，当重吉从银行下班回来，听阿铃说了这件事后，那如女子般秀气的眉心便微微透露出不快。"帮手多了自然是好事……你应该也和父亲商量一下的。要是父亲不同意，就没有你的责任了。"——重吉连这种话都说了出来。阿芳前所未有地郁闷到极点，回了句"是啊"。然而找玄鹤商量——和显然还对阿芳心怀留恋，徘徊在弥留之际的父亲商量，即便放到现在来看，阿铃也绝对办不到。

　　……阿铃一边招待阿芳母子俩，一边回想着这段前因后果。阿芳手都没敢往长方形火箱上伸，断断续续地聊着哥哥和文太郎的事。她还带着四五年前的乡间口音，喜欢把"那个"说成"内啥"。不知不觉间，阿铃从她的口音里感受到了她的放松。同时又因一门之隔，为连咳嗽一声都安安静静的母亲而感到隐隐的不安。

　　"所以，你能在这里待一个星期吗？"

　　"可以的，只要不打扰到您。"

　　"可没有换洗的衣服，不成吧？"

　　"哥哥说晚上会给我送过来。"

阿芳说着,从怀里拿出奶糖递给百无聊赖的文太郎。

"那我去和父亲说一声吧。父亲的身体现在完全不行了,靠窗那边的耳朵也冻伤了。"

阿铃说着从长方形火箱前走开,走之前随意放上铁壶。

"母亲。"

阿鸟回了句什么。声音听着很慵懒,似乎是听到阿铃的声音才勉强醒了过来。

"母亲,阿芳来了。"

阿铃放下心来,很快从火箱前站起身,不去看阿芳的脸。快走过第二个房间时,她又说了声"阿芳来了"。阿鸟仍旧躺在床上,下半张脸埋在棉睡衣衣领里。然而一抬头看到阿铃,她的眼里立刻浮现近乎微笑的神色,回道:"哦呀,来得真快啊。"阿铃清晰感觉到阿芳自身后走了过来,她急急地穿行在积雪的庭院对面的走廊上,快步走向"厢房"。

"厢房"映在从亮堂堂的走廊上乍一下走进来的阿铃眼里,显得比实际还要更加昏暗一些。玄鹤刚巧起身了,正让甲野读报给他听。一看到阿铃,突然就开口问:"是阿芳来了吗?"嘶哑的声音发出的仿佛是迫切的诘问。阿铃站在拉门边,下意识地"嗯"了一声。随后——谁都没有开口说话。

"她很快就过来。"

"嗯……一个人来的吗？"

"不是……"

玄鹤沉默地点点头。

"甲野，你来一下。"

阿铃先甲野一步，小跑着上了走廊。恰有只鹡鸰在残存着积雪的棕榈叶上抖动尾羽。然而比起这个，阿铃更为强烈地感受到好像有什么恶心的东西从充斥着病人气味的"厢房"里跟着追了出来。

四

阿芳住下来以后，家中的氛围显而易见地紧张起来。最开始是武夫欺负文太郎。比起父亲玄鹤，文太郎更像母亲阿芳，也遗传了阿芳懦弱的性格。阿铃自然也不是不同情文太郎，然而有时也会觉得文太郎太窝囊了。

护士甲野有她的职业素养，只冷眼旁观这出随处可见的家庭悲剧——根本没这回事，她反倒乐得看个热闹。甲野的过去暗无天日。病人家的主人啦，医院的医生啦，与这些人打交道的时候，她不知有多少次想吞下毒药一了百了。过往的经历不知何时在她心中种下了以他人痛苦为乐的病态趣味。刚来堀越家的时候，她发现瘫痪的阿鸟每次上完厕所都不洗手。"这家的夫人真机灵，端水过去的时候都没让我们看到。"——深感疑虑的她也曾如此相信过一段时间。然而四五天后，她发现根本就是娇生惯养的阿铃忽视了母亲的需求。对这个发现，她产生了一股近乎满意的情绪，每次阿鸟大小便后，她都会给阿鸟端去洗脸盆里的水。

"甲野，多亏有你，我才能像普通人一样洗个手。"

阿鸟双手合十，潸然泪下。甲野并没有因为阿鸟的感激而动摇分毫。不过自那以后，看到阿铃隔个两三次就得亲自端水过去，她的心里很是愉快。可见对甲野这样的人来说，孩子们的争执也不是个烦心事。她在玄鹤面前表现出对阿芳母子的同情，同时又在阿鸟面前表现出对阿芳母子的不喜。尽管缓慢，但这样的做派确确实实奏效了。

阿芳住下差不多一周后，武夫又一次和文太郎吵了起来。吵架的开端只是争论猪的尾巴到底像不像柿子把而已。武夫把细瘦的文太郎抵在自己书房——玄关旁边四叠半大的房间一角，狠狠地又打又踢。恰在此时经过的阿芳抱起哭声都发不出来的文太郎，责备武夫道：

"少爷，不可以欺负弱小。"

这对怯懦的阿芳来说已是难得的狠话。武夫被阿芳气势汹汹的样子吓了一跳，这回换他哭着跑回阿铃所在的起居室去了。于是阿铃也勃然变色，丢下做到半途的缝纫活计，强行拽着武夫去了阿芳母子俩的房间。

"你太任性了。来，给阿芳阿姨道歉，好好磕头道歉。"

听阿铃这样说，阿芳和文太郎都在阿玲面前落下泪来，只能一个劲儿地连声道歉。这种时候，担任调解员的必然是护士甲野。甲野一边拼命推着涨红脸的阿铃往回走，一边想象着另一个人——从头到尾听完这场闹剧的玄鹤作何感想，心中冷笑连连。当然了，她绝不会在面上显露出自己的真实情绪。

不过，搅得一家人不得安生的并不是只有孩子们之间的争斗。不知从何时起，阿芳激起了原本对任何事都毫不在意的阿鸟的嫉妒。不过，阿鸟从未对阿芳吐露过任何怨恨的话语（和五六年前阿芳住在女佣房时一样），可动不动就要拿无辜的重吉撒气。重吉自然没有过多理睬。阿铃可怜重吉，时常代替母亲向重吉道歉。重吉常常只是苦笑，回一句"要是连你也发疯就完了"。

甲野照旧从阿鸟的嫉妒中获取乐趣。阿鸟的嫉妒就不说了，她甚至清楚地明白阿鸟为什么会对重吉撒气。非但如此，不知从何时起，她自己也对重吉夫妇产生了一股近乎嫉妒的感情。阿铃是雇主家的"小姐"。重吉——重吉无疑是个普通男人，但绝对也是她瞧不上的一头雄性。在甲野看来，他和阿铃的幸福是不应该存在的。为了纠正这种"不该"（！），她有意对待重吉特别亲昵。这对重吉来说或许根本不算什么，但给阿鸟创造了发脾气的绝佳机会。阿鸟时常露出膝头，对重吉恶语相向："重吉，是不是我女儿——一个瘫子的女儿让你不满意了？"

然而阿铃似乎并未因此怀疑重吉。不，说实在的，她甚至好像还可怜起了甲野。甲野岂止不满，简直都禁不住轻视善良的阿铃。但不知从何时起，重吉开始回避甲野，这让甲野很是愉悦。并且，回避着回避着，重吉反倒对甲野生出男人对女人的那种好奇心，这也给甲野带来了快意。以前进厨房旁边的浴室洗澡时，哪怕甲野在场，重吉也会毫不顾忌地脱个精光。然而近来，他再也没在甲野面前打过赤膊了，肯定是因为不好意思在甲野面前露出自己那有如拔毛的公鸡一般的身体。甲野见他如此作态（他的脸上也满是雀斑），心中暗自嘲讽：除了阿铃，你以为还有谁喜欢你啊。

一个降霜的阴天早晨，甲野在自己住着的玄关处三叠大房间里摆上镜子，梳惯常梳的大背头发型。这天正好是阿芳终于要从乡下回来的前一天。阿芳离家对重吉夫妇来说似乎是件喜事，却令阿鸟越发烦躁。甲野一边梳头，一边听着阿鸟尖厉的声音，不觉想起了朋友讲过的一个女人的故事。说是有个女人在巴黎居住期间渐渐患上了严重的思乡病，幸亏丈夫的朋友要回国，便决定随着那个朋友一起坐船回国。长时间的航海旅行竟没让她觉得难熬。可一到纪伊国海边，女人不知为何，突然兴奋不已，最后以身投海。离日本越近，思乡病反倒越重——甲野平静地擦拭沾满油渍的手，心想，阿鸟的嫉妒自不必说，自己的嫉妒应该也是这种神秘力量作祟的结果。

"唉，母亲，您怎么了？怎么到这儿来了。真是的——甲野，你过来一下吧。"

阿铃的声音似乎是从"厢房"附近的走廊上传过来的。听到阿铃的呼唤，甲野仍旧面对着锃亮的镜子，一开始是微微冷笑，之后才故作惊慌地说："好，马上来。"

五

玄鹤日复一日地衰弱下去。长年的病痛就不说了，从背到腰的褥疮也让他疼得厉害。他时常呻吟出声，借此分散些许疼痛。然而困扰玄鹤的并非只有肉体上的痛苦。阿芳住进来这段时间，他多少得到了一点安慰，可代价便是阿鸟的嫉妒和孩子们的争斗带来的连绵不绝的痛苦。然而这都还算好的。阿芳离开后，玄鹤感到了可怕的孤独，不得不直面自己漫长的一生。

玄鹤的一生对他这样的人来说实在是可耻。获得胶印专利的当下绝对是他一生中相对比较春风得意的一段时期。然而同辈的嫉妒与不想丧失自身利益的焦躁思绪一刻不停地折磨着他。更别提包养阿芳以后——除了家庭争端以外，他还经常背负着家人不了解的缺钱的困境。更可耻的是，虽然被年轻的阿芳吸引，可这一两年来，他心里不知多少次盼着阿芳母子能够一死了之。

"可耻？——细想来，可耻的并非只我一人。"

夜晚，他如此思索着，时而一一细数自己的亲朋好友。亲家公只借着"拥护宪政"一条理由，让手腕不如自己的多个政敌从政坛上销声匿迹；关系最好的一个老年古董商和前妻的女儿私通；认识的一个律师挥霍光了选举保证金；还有一个雕刻家——可他们的罪孽竟然丝毫没有缓解玄鹤的痛苦。非但如此，反倒让生命本身笼上了阴影。

"痛苦也不可能长久存在。只要乐观一点……"

这是玄鹤仅剩的慰藉。为了挥散啃噬身心的各种痛苦，他要刻意回想快乐的记忆。然而正如前面所说，他的一生是可耻的。要说其中还有什么明媚的一面，那就只有懵懂无知的幼年时代了。他屡屡在半梦半醒间回想起父母居住的信州某个山谷里的村庄——尤其是压着石头的木板屋檐和带着蚕味的桑树细枝。可这段记忆也难以为继。他时常在呻吟声中间或念诵观音经，间或唱唱过去的流行歌曲。念完"妙音观世音、梵音海潮音、胜彼世间音"后，再唱"嘿哟，嘿哟"，虽然好笑，对他来说已是难得。

"睡着就好了，睡着就好了……"

为了忘却所有，玄鹤只想安然熟睡。事实上，甲野除了给他安眠药以外，也会给他注射海洛因。然而就连睡眠都不一定能给他带来安宁。有时，他会梦到阿芳和文太郎。对他来说——对梦里的他来说，这是个舒心的美梦（某夜梦中，他还在说新花牌打出了最高点数"二十点"的事，并且那"二十点"的牌面长着四五年前阿芳的脸）。然而正因如此，清醒以后，他反倒更觉凄惨。不知从何时起，就连对睡眠，玄鹤都产生了近乎恐惧的不安。

临近年终的一个下午，玄鹤仰躺在床上，对枕边侍奉的甲野说：

"甲野，我啊，好久没系兜裆布了。给我买六尺白棉布吧。"

白棉布也不必叫阿松特意去附近的和服店购买。

"我自己系。你叠了放在这里就行。"

玄鹤靠兜裆布——靠想着用兜裆布自缢而死一事，终于熬过了短暂的半日时光。可对连从床上起身都必须要人帮忙的他来说，这个机会来得并不容易。并且，一旦死亡真的来临了，玄鹤还是感到恐惧。他就着昏暗的灯光凝望黄檗流派的书法挂轴，嘲笑仍然贪生怕死的自己。

"甲野，扶我起来。"

此时已是夜里十点左右。

"我要先睡会儿。你也休息吧，不用顾虑我。"

甲野狐疑地盯着玄鹤，冷淡地回道：

"不，我不睡。这是我的工作。"

玄鹤觉得自己的计划被甲野看穿了。可他只是微微点了个头，就一言不发地假装睡了过去。甲野在他枕边摊开一本女性杂志的新年刊，好像已经看入迷了。玄鹤记挂着被子旁边的兜裆布，眯缝着眼盯梢甲野的举动。随后——他突然感觉到好笑。

"甲野。"

甲野看着玄鹤的脸，似乎被他吓了一跳。玄鹤倚靠着棉被，不知从何时起，没完没了地笑了起来。

"您怎么了？"

"没事，没事。没什么好笑的——"

玄鹤还在笑，边笑边摆动细瘦的右手。

"请你……怎么这么好笑啊……请你扶我躺下来吧。"

约莫一小时后，玄鹤不知何时已睡着了。那晚的梦很恐怖。他站在繁茂的树林中，透过高高的拉门缝隙窥视一个像是起居室的房间。房里也有个赤身裸体的孩子面朝着他躺在床上。虽说是个孩子，脸上却满是皱纹。玄鹤本欲呼叫出声，结果满身大汗地醒了过来……

没人来"厢房"，天色依旧昏暗。依旧？——玄鹤看了眼座钟，这才知道时间已近正午。一瞬间，他放下心来，感觉心情舒畅，然而不知何时又突然蒙上阴影。他照旧仰躺在床上，数着自己的呼吸。他感到有谁在说"趁现在"，催促自己赶紧行动。玄鹤悄悄拉过兜裆布缠在头上，两手猛地一拉。

此时正好来了个人，是穿得圆滚滚的武夫。

"啊，爷爷自尽了。"

武夫一边喊着，一边一溜烟跑向起居室。

六

一周后，玄鹤因肺结核离世，身边围坐着家人。他的告别仪式盛大庄重（唯有瘫痪的阿鸟未能出席仪式）。登门的众人先对重吉夫妇致以哀悼之情，再在盖了白布的玄鹤灵前上香祈愿。然而除了他的知交故友以外，大部分人想必走出门时就已经忘了玄鹤。"那个老爷子这辈子也不亏了。又有年轻的小妾，又攒了些小钱。"——所有人谈论的都是这个话题。

载着玄鹤灵柩的丧葬马车领着另一辆马车，在阴历十二月不见阳光的路上奔赴火葬场。后面那辆稍有些脏的马车上坐的是重吉和他的堂弟。上大学的堂弟小心地坐在晃晃悠悠的马车上，如痴如醉地读一本小书，几乎不怎么和重吉说话。那是《李卜克内西追忆录》的英译本。重吉因彻夜守灵疲惫不堪，不是迷迷糊糊地打盹，就是盯着窗外新开发的城镇，自言自语些"这一带也大变样了啊"之类的无意义的话。

两辆马车行驶在化霜的路上，终于抵达了火葬场。尽管事先在电话里打了招呼，头等焚烧炉还是腾不出来，只剩二等焚烧炉可用。这对他们来说其实无关紧要。不过比起岳父，重吉更在意阿铃的心情，便隔着半月形的窗户一再与工作人员交涉。

"我岳父其实是因为耽误了治疗病故的，我就想至少在火葬的时候，能让他享受好点的待遇。"——他连这样的谎都撒出来了。这个谎言的成效似乎比他想象的还好。

"那这样吧，头等焚烧炉已经空不出来了，我们特别为您安排特等焚烧炉，还是收头等焚烧炉的费用。"

重吉有些不好意思，对工作人员连道了好几次谢。那是个戴黄铜框眼镜，看起来很和善的老人。

"不用，哪里值得道谢。"

他们给焚烧炉贴了封条后，就准备坐上脏兮兮的马车离开火葬场了。出乎意料的是，阿芳还独自伫立在砖墙前，对马车上的他们点头致意。重吉有些狼狈，扬起帽子回礼。而此时，载着他们的马车已经在两边围着干枯白杨树的路上摇摇晃晃地奔跑起来。

"是她吧？"

"嗯……我们来的时候，她应该也在那里。"

"唉，我以为只有乞丐在那儿……她以后怎么办呢？"

重吉点燃一支敷岛牌香烟，要多冷淡有多冷淡：

"嗯，怎么办呢……"

堂弟沉默不语，却在脑海里勾勒出一幅上综地区某片海岸的渔民小镇的景象，而后是不得不住在那里的阿芳母子——他的神色骤然冷峻下来，在不知何时倾洒而下的阳光中，又一次读起了《李卜克内西追忆录》。

海市蜃楼

——或续海之滨

一

　　某个秋日午后，我和从东京过来游玩的大学生K君一起出门去看海市蜃楼。鹄沼海岸能看到海市蜃楼，这事如今大概已经众所周知了。我家的女佣就见过倒转过来的船影，感慨地说："和最近报纸上刊登的照片一模一样。"

　　我们在东家旅馆前转了个弯，顺便也邀请O君同行。照旧穿着红色T恤的O君大概是在准备做午饭，透过院子看去，只见他在水井边一下下压着水泵。我举起梣木拐杖示意O君。

　　"从那边进来——呀，你也来了？"

　　O君似乎对我和K君一起来找他玩这件事已经习以为常。

　　"我们要去看海市蜃楼，你也一起去吧？"

　　"海市蜃楼？——"

　　O君一下子笑了起来。

　　"近来真是流行看海市蜃楼啊。"

五分钟后，我们已与O君一起走在覆盖了厚厚一层沙土的路上。道路左边是沙地，上面斜斜轧过两道黑沉沉的牛车车辙。深深的车辙好像逼压着我，也让我心头袭来一种感觉，觉得这似乎是勇猛的天才留下的痕迹。

　　"我的心智还挺脆弱，连看到这种车辙都会莫名地觉得承受不住。"

　　O君皱着眉，没有回应我一个字。可他看起来似乎完全能够理解我的心境。

　　这当口，我们已经从松树——一片稀疏低矮的松树间穿过，走到了引地川的河岸。广阔的沙滩那头是一片蔚蓝的海。可绘岛上的一栋栋房子，一棵棵树，却都似乎笼罩在阴郁之中。

　　"是新新人类吧？"

　　K君突如其来地说，脸上还带着微笑。新新人类？——也就一瞬间的工夫，我们看到了K君所说的"新新人类"。原来是隔着防沙的竹篱笆眺望大海的一对男女。穿披肩斗篷外套、戴呢子礼帽的男人称不上新新人类，然而女人就不一样了，齐耳短发自不必说，连遮阳伞、低跟鞋都是实打实的新时代装扮。

　　"他们看起来真幸福啊。"

"你很羡慕吧。"

O君取笑K君。

海市蜃楼的观景点离他们有一百多米。我们都贴在地上往前爬，透过河川眺望升腾着热气的沙滩。海滩上晃动着一道蓝色的影子，差不多有丝带那么宽，怎么看都像是大海的颜色映照在热气上，除此以外根本看不到海滩上的船影和任何东西。

"那就是传说中的海市蜃楼吗？"

K君失望地说道，下巴上沾满沙尘。就在此时，不知何处飞来一只乌鸦，从两三百米外的沙滩上，从那道晃悠悠的蓝色影子上掠过，又落到了更远的地方。与此同时，那道蒸腾的热浪倒映出乌鸦的影子。

"能看到这个，今天真是值了啊。"

我们随着O君的话音从沙滩上站起身，随即发现方才被我们甩在身后的两个"新新人类"正从对面朝我们走过来。

我有点惊讶，回头看了看，却看到他们两个依旧在一百多米外的竹篱笆后头聊着天。我们——尤其是O君——沮丧地笑了起来。

"我们才是被别人看到的海市蜃楼吧。"

正对面走来的"新新人类"自然不是先前那对男女。然而女人留齐耳短发，男人戴毛呢礼帽，打扮得和先前那对男女几乎一模一样。

"吓得我毛骨悚然。"

"我也纳闷呢，他们是什么时候走到我们前面去的。"

我们一边说着，一边离开引地川河岸，越过了低矮的沙山。防沙的竹篱笆脚下，沙山给低矮的松树染上黄色。行经此处时，O君像在喊号子似的弯下腰，从沙子里捡起了什么。那是块木牌，上面有个像是用沥青画的黑框，里面写了字。

"这写的什么？Sr. H. Tsuji... Unua... Aprilo ... Jaro... 1906..."

"写的什么？dua... Majesta？有个'1926'。"

"这是那个吧，水葬的死者身上带的牌子。"

O君推测道。

"水葬的时候不是只会给尸体包上帆布什么的吗？"

"所以就能把木牌放进去啊——看，这里钉了钉子，原本应该是十字架的形状。"

此时，我们已走在洋溢着别墅风格的矮竹篱笆和松林间。木牌的来源大概和O君的推测八九不离十吧。我们感受到了本不可能在阳光下感受到的寒意。

"捡了个不吉利的东西啊。"

"什么话，我可是要把它当吉祥物的……话说回来，

1906到1926，那这个人二十岁就死了啊。二十岁——"

"是男的，还是女的呢？"

"谁知道……不过总之，可能是个混血儿吧。"

我回答K君道，同时想象着那个在船上死去的混血青年。在我的想象中，那个青年应该有个日本母亲。

"是海市蜃楼吗？"

O君径直盯着前方，突然自言自语道。他或许是无意间说出的这句话，却让我的心微微一动。

"我们去喝红茶吧。"

不知什么时候，我们已经站在有很多房子的大路一角。很多房子？——然而这条沙土干燥的路上几乎看不到人影。

"K，你呢？"

"我都行……"

这时，一条纯白色的狗垂着尾巴，无精打采地从我们前面走了过来。

二

K君回东京后，我又与妻子和O君一起去引地川的桥上散步。这回是在晚上七点左右——刚吃完晚饭。

那天晚上一颗星星都看不见。我们走在不见人烟的沙滩上，几乎没怎么聊天。引地川河口附近的沙滩上涌动着一簇火光，似乎是来海上打鱼的船只亮起的信号。

打浪声自然连连不断。离浪花翻涌的海边越近，海岸的气味就越浓烈。那股气味似乎不是来自大海本身，而是从被浪潮推到我们脚下的海草、吹着海风长大的树木上散发出来的。不知为何，除了鼻子，我的皮肤也感觉到了这股气味。

我们在浪潮涌动的岸边站了一会儿，眺望隐约可见的浪头。大海到处都是黑沉沉的。我们回想起十年前在上综某个海岸边逗留的日子，也想起了当时和我们待在一起的一个朋友。他除了自己的学业以外，还读了我写的短篇小说《山药粥》的校正稿……

O君不知什么时候蹲下身，点燃了一根火柴。

"你在干什么？"

"没什么……稍微点个火就能看到很多东西吧？"

O君越过肩膀仰视我们，半是对我，半是对妻子说道。小小的一根火柴确实照出了隐在大团大团的松藻和石花菜中的各种贝类。火光熄灭后，O君又擦亮一根火柴，慢腾腾地走在浪潮涌动的岸边。

"哎哟，吓死我了，还以为是水鬼的脚呢。"

原来是半埋在沙里的泳鞋露出的尖尖。那边的海草里也到处可见大大的海绵。火光熄灭后，周遭比先前更黑了。

"没有上次白天那样的收获啊。"

"收获？啊，那块木牌？那种东西可不常见。"

我们在宽阔的沙滩上折身往回走，将连绵不绝的浪潮声抛在身后。除了沙子，脚下时而也会踩到海草。

"这边也有不少东西啊。"

"要不要再点根火柴看看？"

"行啊……啊呀，我听到铃铛声了。"

我稍稍凝神细听，本以为多半是自己的错觉，然而确实从某处传来了铃铛的声音。我又一次问O君是否能听到。身后离了两三步远的妻子于是笑着对我们说：

"是我木屐上的铃铛在响吧。"

然而我都不用回头，就知道妻子穿的绝对是人字拖鞋。

"今晚我要当个孩子，穿木屐走路。"

"声音是从夫人袖兜里传出来的——啊，我知道了，是小Y的玩具，系了铃铛的塑料玩具。"

O君说着，也笑了起来。妻子此时已追上我们，三人并排而行。借着妻子的玩笑，我们聊得比先前更兴奋了。

我给O君讲了昨晚的梦，内容是我和一个卡车司机在一栋文化住宅前聊天。即便在梦里，我也确信自己真的见过那个司机。然而就连醒来后，我都想不起来究竟在哪儿见过。

"然后我忽然想起来，那是三四年前来采访过我一次的女记者。"

"所以是个女司机咯？"

"不，当然是男司机了，只是长得和那个女记者一样。看来见过一次面的人确实会在脑海某处留下印象啊。"

"是啊，容貌突出的人是会……"

"可我对那个人的脸没兴趣，也没有任何想法，所以反而觉得很恐怖，感觉好像很多人都存在于自己的意识之外……"

"就和点燃火柴以后能看到很多东西一样。"

我这么说着，偶然发现唯有我们的脸还能看得分明。此刻依旧与先前一样，连星星都看不见。我感到莫名的寒意，好几次抬头仰望天空。妻子留意到我的举动，我还没开口说什么，她就回应了我的疑问：

"进沙了吧，是不是？"

她拢起袖子，回望开阔的沙滩。

"好像是的。"

"沙这玩意儿就会作弄人。海市蜃楼也是沙子的杰作……夫人，您还没看过海市蜃楼吧？"

"没有，前段时间有一回——只看到一个蓝色的什么东西……"

"就只有那个。我们今天看到的也是。"

我们穿过引地川上的桥，走在东家旅馆的河堤外。不知何时扬起的风吹得所有松树枝梢沙沙作响。那边好似有个矮个子男人疾步朝我们走来。我突然想起今年夏天有过的一个错觉。也是在这样的一个夜晚，白杨树的树枝上挂着纸片，看起来就像个头盔。然而这次看到的男人并非错觉。非但如此，随着彼此间的距离越拉越近，男人穿着白T恤的胸口位置也映入眼帘。

"哟，还别着领带夹呢？"

我小声嘟囔完，立马发现那个"领带夹"其实是卷烟燃起的火星。妻子以袖捂唇，最先忍不住笑出了声。然而男人目不斜视，快步与我们擦身而过。

"晚安。"

"晚安。"

我们轻快地与O君道别，伴着松涛声走远。松风中还夹杂着隐隐的虫鸣。

"叔叔的金婚仪式是什么时候啊？"

"叔叔"说的是我父亲。

"什么时候呢……黄油已经从东京寄到了吧？"

"还没。现在到的只有香肠。"

说着说着，我们已经走到了家门——半开的家门前。

河童

请念作"kappa"

序

　　这是一家精神病医院的病人——二十三号病人逢人就讲的故事。这人应该已经有三十多了，然而一打眼看过去，实在是个年纪轻轻的疯子。他半生的经历——算了，这种事没什么紧要。他紧紧环抱双膝，时而看一眼窗外（铁格子窗外有一棵连片枯叶都没有的橡树，枝条伸展向雪天阴沉的天空），絮絮叨叨地对S博士和我讲述这个故事。身体动作当然也是有的。比如，在说到"吓了一跳"的时候，他会一下子后仰起脑袋……

　　我认为自己已经相当准确地记录下了他讲的故事。要是有谁看了我的笔记还觉得意犹未尽，可以自己去拜访东京市外××村的S精神病医院。看起来比实际年龄偏小的二十三号病人大概会恭敬地低头致意，再指把没有坐垫的椅子给你坐吧。接着，他会浮起忧郁的微笑，平静地把这个故事再讲一遍。

最后——我还记得他讲完故事那一刻的脸色。他一起身，大概会忽然挥舞起拳头，对着所有人如此怒吼——"滚出去！你这个无赖！你也是个愚蠢、嫉妒心重、下流、不要脸、自负、残忍、自私的动物。滚出去！你这个无赖！"

一

那是三年前的夏天，我和其他人一样背着登山包，准备从上高地①的温泉旅馆爬上穗高岳。众所周知，爬穗高岳必须沿梓川逆流而上。穗高岳就不说了，我以前连枪岳都爬过，所以就没带向导，自己在晨雾笼罩的梓川溪谷间穿行。晨雾笼罩的梓川溪谷——雾气始终不见消散的迹象。非但如此，反倒越来越浓。我走了大概一小时后，想着要不要折回上高地的温泉旅馆算了。可就算回上高地也得先等雾气散去。然而雾气一刻比一刻浓重。"行吧，干脆继续爬吧。"——我这么想着，就没离开梓川的溪谷，拨着大叶竹丛继续往前走。

溢满视线的尽是浓重的雾气。不过时而也能看到粗壮的山毛榉和枞树从雾气中垂下青翠的绿叶。面前还会突然出现放

①上高地：位于长野县松本市的度假胜地。

牧在外的马和牛。不过刚一看到，立马又会隐入朦胧的雾气。渐渐地，我腿脚没了力气，又开始感到饥饿——被雾气洇透的登山服和毛巾也重得要命。我终于败下阵来，决定跟着被岩石堵住的水声走下山谷。

我坐在岸边的石头上，准备暂且先吃点东西。我打开腌牛肉罐头，捡来枯枝架起火——做这些事估计用了有十分钟吧。就在这会儿，四下里令人不适的雾气不知何时开始隐隐退散。我咬着面包，瞄了眼手表。时间已是下午一点二十。然而更让我震惊的是，圆形表盘的玻璃面上映出了一张怪模怪样的脸。我吓了一跳，转身看去——这确实是我第一次看到河童。身后的岩石上有只和画里长得一模一样的河童，河童一只手抱着白桦树干，一只手架在眼睛上，好奇地俯视着我。

我目瞪口呆，一动不动地僵在原地。河童看起来也很惊讶，放在眼睛上的手动也不动。我就在这会儿一个跳起，立马朝岩石上的河童猛扑过去。与此同时，河童也逃开了。不，应该说大概是逃开了。事实上，河童只转了个身，立马就消失不见了。我愈加惊奇，环视大叶竹丛，接着就发现河童正隔着两三米远回望向我，作势欲逃。这根本就不足为奇。不过让我意外的是河童身体的颜色。在岩石上看着我的时候，他的身体正面是一片灰色。然而现在，他全身上下都变为了绿色。我大喊一声"畜生！"，再次向他飞扑过去。河童自然逃跑起来。其后的大概三十分钟，我在竹丛中飞奔，跳过岩石，一个劲儿地追赶着他。

河童的速度比起猿猴也绝对不遑多让。忘我追逐的过程中，我好几次都险些错失他的踪迹，脚下还时常打滑跌倒。追到一棵伸展着粗壮枝干的大橡树下时，幸而有只牛拦住了河童的去路，还是头长着结实的牛角，眼球充血的公牛。河童看到这头公牛，口中哀鸣，翻个跟斗跳到了很高的大叶竹上。我——我心想太好了，猛地紧随而上。大概是跳到了哪个洞里，就在指尖终于碰到河童光滑的脊背的下一刻，我立马倒栽葱似的坠入一片黑黢黢的空间里。我们人这种生物，就算在千钧一发的紧急关头都要想些无厘头的事。我在心里"啊"了一声，随即想起上高地那家温泉旅馆旁边有座"河童桥"。再后来——再后来的事我就不记得了。我只感觉眼前好像有道闪电，便在不知不觉中失去了意识。

二

终于醒转过来的时候，我发现自己仰躺在地上，身边围了很多河童。一个嘴巴肥厚，戴夹鼻眼镜的河童跪在我身边，把听诊器贴在我胸口。见我睁开眼睛，他打了个手势要我安静，然后朝身后不知哪个河童呱呱叫唤。接着不知从何处又有两个河童抬着担架走过来。我就这么躺在担架上，在众多河童的包围下静静地挪了几百米。两侧林立的街区和银座大道别无二致。种在路边的山毛榉树荫下排开各家店铺的遮阳篷，一台台汽车行驶在两排行道树之间的马路上。

不一会儿，抬着我的担架在细窄的巷子里转个弯，进了一栋房子。我后来知道，这是那个戴夹鼻眼镜的河童——切克医生的家。切克把我挪到整洁的床上，给我喝了一杯透明的药水。我就那么横躺着，切克让干吗就干吗。我全身上下的关节实在疼得厉害，身体动都动不了。

切克每天必定要来给我做两三次检查。最开始见到的河童——那个叫巴格的渔民差不多每三天也会来探望我一次。河童对人类的了解远超人类对河童的了解，大概是因为河童捕获人类的次数远比我们人类捕获河童的次数多吧。就算并非捕获，在我之前，已时而可见人类来到河童的国度。甚至还有不少人在这里度过一生。您问为什么？因为我们仅仅并非河童，而是人类，就能以此为特权混吃混喝。事实上，听巴格说，有个年轻的修路工碰巧来了这里以后，就娶了个母河童为妻，在河童之国生活了一辈子。而他娶的那只母河童不仅是这里的第一美人，还极尽各种巧思，帮丈夫蒙混修路的工作。

大约一个星期后，依据河童之国的法律规定，我顶着"特别保护居民"的身份住进了切克家隔壁。我住的房子虽然小，却盖得雅致美观。当然了，河童之国的文明与我们人类国度——至少与日本文明相比并没有明显差异。临街的客厅角落里摆了台小小的钢琴，墙上还挂着裱了画框的蚀刻版画。只是从最关键的房子到桌椅尺寸，全都是为河童的身高量身打造的，让我感觉仿佛进了小孩的房间，唯独这一点不大方便。

日暮时分，我经常邀请切克和巴格来我这里，向他们学习河童的语言。不，来的不只有他们。大家都对身为特别保护居民的我怀抱着好奇，每天专门喊切克去给自己量血压的玻璃公司社长盖尔他们也来我家露过面。不过最开始的那半个月，与我关系最亲近的还是渔民巴格。

一个暖和宜人的傍晚，我与巴格对坐桌边。巴格不知想到了什么，突然沉默不语，瞪着本就很大的眼睛，一动不动地凝视着我。我自然感觉奇怪，就问他："Quax，Bag，quoquel，quan？"翻译过来的意思是："喂，巴格，怎么了？"然而巴格没有作声，还突然站起身，一下子吐出舌头，摆出青蛙起跳的架势，好像要朝我扑过来。我渐渐感到恐惧，悄悄从椅子上站起来，准备飞奔出门外。就在此时，幸而切克医生出现在门口。

"行了，巴格，你在干什么？"

切克戴着夹鼻眼镜，瞪视举止异常的巴格。巴格眼看着软化下来，摩挲了好几次脑袋，对切克致歉道：

"实在对不起。我是觉得看老爷害怕的样子挺有趣的，一时兴起就起了捉弄的心思。老爷，还请您原谅。"

三

在讲接下来发生的故事之前，我得先介绍下河童这种生物。如今，河童是否真实存在依然存疑。然而我自己就生活在他们之间，按理说完全没有怀疑的余地。河童是种什么样的生物呢，脑袋上有短毛就不说了，手脚也带有蹼，与《水虎考略》中所说并无显著差异。身高大概在一米吧。至于体重，据切克医生所说，基本在二十到三十磅之间——也有五十多磅重的大河童，十分罕见。他们脑袋正中间顶着个椭圆形的盘子，盘子会随着年龄的增长越发结实。上了年纪的巴格和年轻的切克头上的盘子触感就完全不一样。然而最不可思议的应该还数河童的肤色。他们不像人类一样有着稳定的肤色，总是会随着周围环境的色彩变化而变化——比如，待在草丛中的时候，皮肤就会变成绿色；在岩石上的时候，皮肤会变成同岩石一样的灰色。当然了，不仅限于河童，变色龙也具备此种特征。或许河童的皮肤组织里有和变色龙相近的成分吧。我发现这个事实的时候，立马就想起民俗学上的记述，说西部地区的河童是绿色的，东北地区的河童是红色的。还想起有次追着巴格跑的时候，巴格突然间不知去了哪里，消失得无影无踪。河童的皮肤下似乎储存有厚厚一层脂肪，尽管这个地下国度的温度相对较低（平均温度在五十华氏度上下），他们却没有穿衣的概念。当然了，河童大概至少都戴个眼镜，携带烟盒、钱包什么的吧。河童像袋鼠一样，腹部有个口袋，收纳这些东西也没什么不方便的。只是有一点我觉得奇怪，他们甚至连腰间都不做任何遮挡。有次我问巴格为何会有这样的习惯，结果巴格哈哈大笑了许久，笑得前仰后合，回答我说"我还觉得您遮挡起来很好笑呢"。

四

　　我渐渐学会了河童的日常语言，因此也逐渐能够明白河童的风俗和习惯。其中最令我感到不可思议的是，但凡我们人类觉得正经的，在河童看来都十分好笑；而我们感觉好笑的，河童却觉得正经——就是如此莫名荒唐的习惯。举例来说，我们人类看重正义、人道，然而河童听闻此事，却会捧腹大笑。换言之，他们与我们的笑点全然不同。有一次，我和切克医生聊起节育的话题，结果切克医生张开大嘴，笑得夹鼻眼镜都差点滑落下来。我自然恼怒，诘问有什么可笑的。我记得他大体是这么回答的。其中或许多少有些细节之处出了错，毕竟那时我也还没完全理解河童的语言。

"只考虑父母的情况很好笑啊，太过自私了。"

而在我们人类看来，其实没有什么比河童的分娩还好笑的了。在这里待了一段时间后，我曾去巴格的小屋见识他妻子生产的情形。河童生产时与我们人类无异，需要医生或产婆的帮助。不过一到产子时分，父亲会把嘴巴凑到母亲生殖器上，像打电话一样大声询问道："你先好好考虑清楚，再回答要不要来到这个世界！"巴格那时也跪在地上，如此重复询问了好几遍。之后拿桌上的消毒药水漱了口。他妻子腹中的孩子似乎多少有所顾虑，如此小声答道：

"我不想被生下来。首先，我父亲有精神病的遗传基因，这就已经够我受的了，并且我也讨厌当河童。"

巴格听到这个回答，不好意思地挠挠脑袋。在场的产婆很快把一根粗玻璃管插进他妻子的生殖器里，注射了某种液体。接着，他妻子似乎松了劲，泄出几声粗喘。与此同时，先前鼓起的腹部就像被抽了气的气球一样，软软地缩了回去。

都能给出这样的答复了，河童的孩子自然一出生就能走、能说话。听切克说，有个孩子在出生后的第二十六天就能就是否存在神明的话题展开演讲。不过，那孩子满两个月的时候就死了。

既然谈到分娩了，顺便再说说我来这里第三个月时偶然在街角看到的一张巨幅海报吧。那张海报下方画了十二三个河童，有的吹喇叭，有的佩剑。上方写满了河童使用的恰如钟表发条一般的螺旋文字，翻译过来大体是这个意思。其中或许也有些细节之处有误。不过总之呢，当时有个叫拉普的河童学生与我同行，大声给我念了出来，我便一一记在了笔记本上。

招募遗传义勇队！！！

健康的河童男女啊！！！

为了扑灭恶性遗传，

请与不健康的河童男女结为夫妻吧！！！

那时，我想也不想地就对拉普说，这样不可行。结果不只拉普，围在海报附近的河童全都哈哈大笑。

"不可行？可照你讲的故事来看，你们也和我们一样行事呢。你觉得少爷爱上女仆、小姐爱上司机之类的事为什么会发生？那都是你们在无意识地扑灭恶性遗传啊。总之，与你近来讲的人类义勇队相比——就是为了抢夺一条铁路而互相残杀的义勇队——与那样的义勇队相比，我觉得我们的义勇队高尚许多啊。"

拉普说得认真，唯有肥胖的肚子颤抖个不停，看着十分好笑。然而我非但没笑，甚至还着急忙慌地想抓住一个河童。因为我发现有个河童趁我不注意，偷走了我的钢笔。然而皮肤滑溜溜的河童抓起来没那么容易。他刺溜一下滑出去，立刻飞也似的跑远了。蚊子似的细瘦身躯跑起来摇摇欲坠。

五

这个叫拉普的河童对我的照顾不下于巴格，其中尤为难忘的便是把我引荐给了河童托克。托克是一位诗人。诗人总留长发，这一点倒和我们人类相同。我无聊的时候，偶尔会去托克家打发时间。托克总在逼仄的屋子里摆上高山植物盆栽，写写诗，抽抽烟，日子过得实在惬意。还有只母河童（托克崇尚自由恋爱，没有娶妻）在屋子一角做做针线活什么的。托克见到我，总会微笑着说出这句话来（不过说真的，河童的微笑不怎么好看，至少我刚开始见到的时候，反倒感觉挺可怕的）：

"哎呀，你来了，坐那把椅子吧。"

托克时常聊起河童的生活啦、艺术啦之类的话题。他觉得再没有什么比河童习以为常的生活更加荒谬可笑。亲子、夫妇、兄弟姐妹全都把互相折磨当作生活的唯一乐趣。家族制度更是傻得不能再傻。某次，托克指着窗外脱口而出道："你看有多可笑！"只见窗外的大道上，一个年纪尚轻的河童颈边拖着七八个河童男女，气喘吁吁地往前走着，最前面的看着像是他的父母。然而我却被那年轻河童的奉献精神打动，大力赞扬了他的坚毅品格。

"哦，你也有当这个国家国民的资格……我说，你应该是社会主义者吧？"

我自然回了句"qua"（在河童的语言里意为"是的"）。

"这么说，就算为了数百个普通人牺牲一个天才，你应该也不会在意。"

"你信奉什么主义呢？有人说你是无政府主义者……"

"我？我信奉超人（直译过来是超河童）主义。"

托克傲然放言道。这样的他对于艺术也有自己独到的见解。托克相信，艺术不受任何人的掌控，就是为了艺术本身而存在，因此艺术家首先必须是一个超脱善恶的超人。话说回来，这并非托克的一家之言，他的诗人朋友们基本都秉持着同样的看法。其实，我就多次和托克一起去超人俱乐部玩耍。超人俱乐部会集了诗人、小说家、戏曲家、批评家、画家、音乐家、雕刻家、艺术爱好者等众多人士，每个人都是超人。他们总在灯光明亮的沙龙上纵情交谈，有时还志得意满地对彼此显露自己的超人之处。比如，有个雕刻家就把一个年轻河童按在大株的盆栽凤尾蕨间，频频玩弄男色。还有个母河童小说家站到桌上，一口气喝了六十瓶苦艾酒。就在喝到第六十瓶的时候摔到了桌子下面，很快一命呜呼。

　　一个月色美妙的夜晚，我与托克环着胳膊从超人俱乐部往回走。托克一反往常，情绪消沉，一句话都没说。其间，我们从一个亮着灯影的小窗前走过。窗户里头，两个似是夫妇的河童与三个河童小孩一起坐在桌边吃晚餐。这时托克叹了口气，突然对我说：

　　"我觉得自己是个超人恋爱家，不过看到他们一家和乐的样子，还是会觉得羡慕。"

　　"可不管怎么看，这都和你的信仰相悖啊。"

　　然而托克依旧在月光下抱臂而立，凝视着那扇小小的窗户里面——五个河童围坐桌边吃晚餐的温馨场景，许久后回应道：

"那个煎鸡蛋卷怎么都比恋爱干净啊。"

六

事实上，河童的恋爱也与我们人类大不相同。母河童一旦遇到中意的公河童，就会不惜一切办法将其拿下。最坦率的母河童会一个劲儿地猛追公河童。事实上，我就见识过一个母河童发了疯似的追求公河童。不，这还不算完。年轻的母河童自己自不必说，就连她的父母、兄弟姐妹都会齐齐上阵帮忙。公河童还真是可怜，就算到处逃窜，侥幸没被抓住，终归有那么两三个月卧床不动。一次，我正在家里读托克的诗集，那个叫拉普的学生长驱直入，一滚进我家的门就倒在地上，气喘吁吁地说：

"完了！我也要被抓了！"

我马上丢开诗集，锁好家门。我从锁缝里往外觑，只见一个脸上涂着硫黄粉，个子矮小的母河童还在门口逡巡。自那天起，拉普在我家地板上躺了好几个星期，并且嘴巴也在不知不觉间完全溃烂脱落了。

不过，有时也会碰上公河童拼命追逐母河童。然而那其实还是母河童设下的局，勾得公河童情不自禁。我也确实见过疯狂追逐母河童的公河童。被追的母河童在奔逃途中故意时而止步，时而四肢匍匐着地。到了时机正好之际，就露出一副筋疲力尽的样子，轻轻巧巧地叫公河童给抓住。我见过一个公河童在一把抱住母河童后，立马滚倒在地，然而终于起身后，面上的表情看着可怜得很，不知是失望还是后悔，总之难以形容。然而这还算好的。我还见过一个体形小的公河童追逐一个母河童，那个母河童照例欲拒还迎地遁逃。就在此时，又有一个大块头公河童喷着鼻息从对面路上走过来。母河童看到他，不知怎的突然高声尖叫起来："完蛋了！救命啊！那个河童要杀我！"大块头的公河童自然三两下抓住那个小小的公河童，把他按倒在道路正中央。小小的公河童带蹼的手掌在空中挣扎划了两三下，最后一命呜呼。而此时那个母河童已经浅笑着紧紧抓住了大块头河童的脖子。

我所认识的公河童全都是被母河童主动追求到手的，简直像商量好了似的。有妻有子的巴格当然也是如此，还被抓了两三次。唯有哲学家穆格（诗人托克的邻居）从没被母河童抓住过。原因之一大概在于很少有像穆格那么丑的河童吧。再有便是穆格成天待在家里，几乎不怎么出门。我偶尔也来穆格家找他聊天。他总是在昏暗的屋子里点起七彩玻璃灯，坐在高脚桌前读厚厚的书。有一次，我和穆格讨论起河童的恋爱方式。

"为什么政府不以更为严厉的方式取缔母河童追逐公河童的行为呢？"

"其一是因为官僚之中母河童数量很少。母河童比公河童更为善妒，只要母河童官僚多了，公河童肯定不会像如今这般大受追逐。不过就算如此，作用也是有限的。要说原因嘛，因为母河童官僚也会追逐同为官僚的公河童啊。"

"这么说来，像你这样生活是最幸福的了。"

穆格从椅子上起身，握住我的双手，叹口气道：

"你不是河童，不理解也是理所当然。不知道为什么，我其实还挺想体会下被恐怖的母河童追逐的感觉呢。"

七

我时常也与诗人托克一起去听音乐会，第三次听的那场如今依然难以忘怀。音乐会的场地环境同日本比起来没什么不同，三四百个河童男女坐在高低起伏的座位上，全都手拿节目单，专心致志地听着音乐演奏。第三次去的这场，除了托克与托克的女伴外，同行的还有哲学家穆格，我们坐在最前面的座位上。大提琴独奏结束后，一个眼睛细长的河童抱着曲谱漫不经心地登上舞台。正如节目单里的介绍，这人便是声名远扬的作曲家库拉巴克。如节目单里的介绍——不，用不着看节目单，库拉巴克是托克所属的超人俱乐部成员之一，长什么样我还是知道的。

"Lied——Craback"（河童国度的节目单基本也都使用德语）。

库拉巴克在掌声雷动中向我们施以一礼，随后静静踱步到钢琴前，随意弹奏起自己创作的歌曲来。听托克说，库拉巴克是他们国家诞生的音乐家中前所未有的天才。音乐自不必说，库拉巴克余兴创作的歌词我也很感兴趣，于是便认真倾听着大大的弓形钢琴流泻出的乐曲。托克与穆格也听得如痴如醉，似乎比我还要投入。然而唯有那个跟着托克的美丽的（至少在河童看来如此）母河童紧紧捏着节目单，不时焦躁地舔舐自己的长舌。听穆格说，那个河童十年前没能抓住库拉巴克，因此至今仍将他视作眼中钉。

库拉巴克全情投入，如同战斗一般持续弹奏着钢琴。就在这时，会场内突然炸响一声"禁止演奏"。我吓了一跳，不由自主地回身看去。声音的主人无疑便是坐在最后一排，身高超群的巡警。我回过身去的时候，巡警慢悠悠地坐下，又一次用比先前更大的声音怒吼了一句"禁止演奏"。随后——

会场秩序大乱。"蛮横的警察！""库拉巴克，接着弹！接着弹！""蠢货！""畜生！""滚回去！""不要屈服！"——人声鼎沸，座椅倒地，节目单乱飞，甚至还出现了空汽水罐、石头、咬了一半的黄瓜，也不知道是谁丢出去的。我惊得目瞪口呆，询问托克这是为何。然而托克看起来也十分亢奋，腾地从座位上站起身，不断大声叫嚷着"库拉巴克，继续弹！继续弹！"。跟着托克的那个母河童似乎也在不觉间遗忘了恨意，叫嚷着"蛮横的警察"，激愤的模样与托克如出一辙。我只得转向穆格，询问他到底怎么回事。

　　"你问这个？这种场面在我们国家常见得很。什么绘画啊，文艺啊……"

　　每当飞来什么东西，穆格都会微微缩起脖子闪避。他一边闪避，一边照旧用平静的语气说道：

　　"什么绘画啊，文艺啊，先不论表达的主题如何，反正谁都看得明白，所以国家绝不可能禁止出售、展览这些东西。但我们有禁止演奏，毕竟音乐无论怎么败坏风俗，没有鉴赏能力的河童也是听不出来的。"

　　"这么说，那个警察听出来了？"

　　"这个嘛，我就不知道了。他说不定是听着听着就想起了和老婆上床时的热烈心跳吧。"

这么说着的时候，骚乱还在不断加剧。库拉巴克依旧坐在钢琴前，高傲地回头看向我们。然而他再怎么高傲也得躲避各种横飞而过的不明物体，于是每隔个两三秒，他就得调整下倨傲的姿态，不过大体上还是保持了大音乐家的庄严，细长的眼里闪耀出慑人的光芒。至于我——我当然也为了躲避危险藏在托克身后。不过好奇心仍旧驱使着我继续与穆格谈话。

"这种审查方式难道不粗暴吗？"

"哪有，它反而比任何国家都要先进呢。你看××就是个例子。其实就在一个月前……"

正说到这里，一个空易拉罐正巧落在穆格头上。穆格大喊一声"quack"（只是个感叹词），就这么昏了过去。

八

我莫名地对玻璃公司的社长盖尔印象很好。盖尔是资本家里的资本家。在这个河童的国度里，想必没有谁比他还大腹便便。看他坐在安乐椅上，左右身侧围着形似荔枝的妻子和长得像个黄瓜的孩子，真是幸福得无以复加。我有时会跟着法官佩普和医生切克去他家吃晚餐，还拿着盖尔的介绍信参观过许多和盖尔或他的朋友有点关系的工厂。在这些工厂中，尤其让我感觉有意思的就是书籍制作公司的印刷厂。当我随着年轻的河童技师走进工厂，看到以水电驱动的大型机器时，这才惊叹于河童国度的机械工业是多么先进。听闻这家工厂一年印刷制作七百万本书，然而让我惊叹的并不是书籍的印刷量，印这些书根本一点都不费事。毕竟这里印书只需要把纸张、墨水和灰色的粉末放进机器漏斗形的入口就可以了。这些原料一放进去，基本上不出五分钟就能制作出无数菊版[①]、三十二开、菊版对开等尺寸各异的书籍。我看着瀑布般掉落的各种书籍，问昂首挺胸的河童技师那些灰色粉末是什么东西。技师站在黑得发亮的机器前，不以为意地说：

"这个吗？这是驴的脑髓。干燥处理后简单做成粉末就行了。现在的价格是每吨两三钱。"

此种工业奇迹当然不会仅仅出现在书籍制作公司。绘画、音乐制作公司同样拥有先进的生产方式。实际上，我还听盖尔说，他们国家平均每个月新设计出七八百种机器，工业生产进行得热火朝天，不需要太多人工干预。因此也有不下于四五万个河童工人遭到解雇。然而即便如此，我每天早上看报纸，却一次都没看到过"罢工"这个字眼。我实在奇怪，便趁

[①]菊版：常用的印刷标准尺寸。

着有次和佩普、切克受邀去盖尔家参加晚宴的机会，问他这是为什么。

"他们都被吃了。"

饭后的盖尔叼着雪茄烟，漫不经心地如此说道。可我不明白"被吃了"是什么意思。戴着夹鼻眼镜的切克看出我的不解，从旁解释道：

"就是把那些工人都杀了，吃他们的肉。你看这份报纸，这个月有六万四千七百六十九个工人遭到解雇，就因为这个，肉价都降了。"

"他们一点都不反抗吗？"

"反抗也没用，国家有职工屠杀法。"

说这话的是坐在杨梅盆栽前，耷拉着一张脸的佩普。我自然内心不快。主人家盖尔就不说了，佩普和切克也都一副理所应当的样子。切克还笑着嘲弄道：

"换句话说，国家为他们省去了饿死、自杀之类的麻烦事，只让他们稍稍闻了下毒气，没什么痛苦。"

"可怎么能吃他们的肉……"

"别说这么好玩的话。这要让穆格听到了，肯定要捧腹大笑。就算在你的国家，底层阶级的女孩不也在当卖笑女吗？为工人被吃而愤慨，实在是多愁善感了。"

全程听着我们交谈的盖尔把手边桌子上的三明治餐盘推到我面前，满不在乎地说：

"如何，要不要尝一个看看？这也是用工人的肉做的。"

我当然接受不了，不，不只这样，我还迅速飞奔出盖尔家的客厅，把佩普、切克的笑声远远抛在身后。那天正是个连颗星星都看不到的荒凉夜晚，我在黑夜中走回自己的住所，一路呕吐不止。流泻而出的白色呕吐物即便在夜色中也看得分明。

九

话说回来，玻璃公司的社长盖尔绝对是只亲人的河童。我有时会和盖尔一起去他所属的俱乐部，度过一个愉快的夜晚。原因之一在于这家俱乐部的舒适度远超托克所属的超人俱乐部。并且盖尔说的话尽管不似哲学家穆格那样有深度，却也让我窥见了一个全新的世界——广阔的世界。盖尔总是一边拿纯金的茶匙搅动咖啡，一边快意地讲述各种话题。

一个雾色浓重的夜晚，我隔着插有冬玫瑰的花瓶听盖尔讲话。我记得那是个洋溢着分离派①风格的房间，房间整体就不说了，连椅子和桌子都在白色的底色上描画了细细的金色勾边。盖尔面含微笑，看起来比平时更为春风得意，那会儿他正讲到执掌政权的Quorax党内阁。Quorax就是个没有实际意义的感叹词，只能翻译成"哎呀"。总之，这个政党最是标榜"全体河童的利益"。

"Quorax党的最高领导人是有名的政治家洛佩。俾斯麦说过，'诚实是最好的外交'。而洛佩还把诚实发扬到了国家内治上。"

"可洛佩的演讲……"

"先听我说完嘛。他的演讲当然尽是一派胡言。可谁都知道那是假的，说到底，也就和诚实一个样了。一律统称为谎言，那是你们的偏见。我们河童和你们不一样……这个先不说了。我要说的是洛佩这个人，洛佩掌控着Quorax党，掌控洛佩的则是Pou-Fou（Pou-Fou也是没有实际意义的感叹词，硬要翻译的话，只能译作"啊"）报社的社长奎奎，然而奎奎也另有其主，奎奎的掌控者是坐在你面前的盖尔。"

"可——恕我直言，Pou-Fou是与劳动者站在同一阵线的

---

①分离派：19世纪末兴起于欧洲艺术派别，推崇简洁明了的形状与色彩。

报纸吧。社长奎奎也受你控制，那就是说……"

"Pou-Fou的记者们当然站在劳动者那边，可掌控记者的就是奎奎。而奎奎又必须寻求我的资助。"

盖尔依旧面带微笑，信手把玩着纯金的茶匙。我看着盖尔这副模样，与其说憎恶他，反倒更同情Pou-Fou报社的记者们。盖尔似乎一下从我的沉默中看出了我的同情，挺起大大的肚子说道：

"Pou-Fou报社的记者也不是全都站在劳动者那边。至少，我们河童这种生物会先考虑自己再考虑别人……不过更麻烦的是，连我自己也要听从别人的指挥。你知道那人是谁吗？就是我老婆，美丽的盖尔夫人。"

盖尔放声大笑。

"我看你反倒幸福得很呢。"

"总之我已经心满意足了。不过这种话我也只能在你面前——在不是河童的你面前肆无忌惮地吹嘘几下。"

"那就是说，Quorax党内阁的掌权者是盖尔夫人咯。"

"也可以这么说……说起来，七年前的战争就是始于一个母河童。"

"战争？这里也发生过战争吗？"

"那有什么可奇怪的。以后也不知道什么时候还会再来。只要邻国还在……"

　　说实在的，我到这会儿才知道原来河童的国度也不是一个孤立的国家。据盖尔所说，河童平日里就把水獭当作假想敌，而水獭拥有不逊于河童的军备武装。河童与水獭之间的战争让我兴味浓厚（毕竟水獭是河童的劲敌这种事，不仅《水虎考略》的作者没提过，连《山岛民谭集》的作者柳田国男都不知道，可谓是个全新的发现）。

　　"那场战争兴起前，不消说，我们两个国家都一刻不敢放松地盯着对方的动静。因为无论哪一方都同样忌惮着另一方。就在那个时候，定居在我们这里的一个水獭拜访了一对河童夫妻。河童妻子一直都想杀了自己的丈夫，因为丈夫是个游手好闲的家伙。丈夫有人寿保险这回事大概多多少少也助长了妻子的杀机吧。"

　　"你认识那对夫妻吗？"

　　"嗯——不对，我只认识河童丈夫。我老婆说他是个浑蛋，但要让我说，他不算浑蛋，而是个有被害妄想症，十分害怕被母河童抓住的疯子。那个河童妻子在丈夫喝热可可的杯子里放了氰化钾，结果不知怎么出了错，被上门做客的水獭给喝了。水獭自然一命呜呼，于是……"

　　"于是就爆发了战争吗？"

"是啊，那个水獭恰好是个勋章加身的人物。"

"最后哪边赢了呢？"

"当然是我们了。三十六万九千个河童为此奋勇战死，但和邻国比起来，这些损失不值一提。我国所有的毛皮基本都来自水獭。战争爆发那会儿，我除了制造玻璃，还会给前线输送煤灰。"

"煤灰是做什么用的？"

"当然是当粮食了。我们河童这种生物，只要肚子饿了，那绝对什么都吃。"

"可这……请不要生气。我觉这对战场上的河童来说……要是在我们国家，这会成为一桩丑闻。"

"在我们国家无疑也是丑闻一件。可我觉得，任何河童都不应该把它当成丑闻。哲学家穆格也说了，'汝之恶汝自言，恶应自我消灭'……再说我也不是单单为了利益，还是因为爱国之心熊熊燃烧才这么做的。"

恰在此时，俱乐部的侍者走了进来。侍者先向盖尔鞠了一躬，而后像念书般说道：

"您家隔壁着火了。"

"着——着火了！"

盖尔震惊地站起身，我自然也起身了。然而侍者继续从容地补充道：

"不过现在已经扑灭了。"

盖尔目送侍者离去，脸上露出哭笑不得的表情。我看着盖尔的这副表情，发现自己不知不觉中已对这个玻璃公司的社长心怀憎恶。在我眼里，盖尔现在已经不是什么大资本家或其他任何身份，就只是个河童罢了。我抽出花瓶里的冬玫瑰递给盖尔。

"火虽然灭了，但夫人想必受到了惊吓。来，带上这个回家去吧。"

"谢谢。"

盖尔握了下我的手，然后突然轻轻一笑，悄声对我说：

"隔壁是我租出去的房子，这下能拿到火灾保险的理赔金了。"

盖尔当时的微笑——那个既无法蔑视，又无法憎恶的微笑，如今依然让我记忆犹新。

十

"怎么了？今天又这么闷闷不乐的。"

这是火灾发生的第二天。我叼着卷烟，对坐在客厅椅子上的学生拉普说道。拉普把左腿搭在右腿上，直愣愣地盯着地板，几乎都看不见那张溃烂的嘴了。

"拉普，你怎么了？"

"哎呀，没什么，一点小事——"

拉普终于抬起头，哼唧出悲哀的鼻音。

"我今天看着窗外的时候，漫不经心地嘟囔说'哟，捕虫堇开花了'，妹妹听了一下神色大变，朝我撒气说'是哦，反正我就是捕虫堇'。老妈又特别偏爱妹妹，揪着我骂个不停。"

"捕虫堇开花为什么会让你妹妹不开心啊？"

"唉，大概是因为这句话也可以表示抓住公河童的意思吧。和老妈不大对付的婶婶也加入了我们的争论，最后闹出了很大动静。一年到头都喝得醉醺醺的老爷子听到我们吵架，不分青红皂白，逮谁打谁。趁着骚乱还没平息的时候，我弟弟偷走老妈的钱包，立马去看电影了。我这，我可真是……"

拉普以手掩面，无言地哭泣。我当然很同情他，同时也自然而然地想起了诗人托克对家族制度的不屑一顾。我拍拍拉普的肩膀，竭尽全力地安慰着他。

"这种事遍地都有，拿出你的勇气啊。"

"可……可要是我的嘴巴还没腐坏……"

"只能看开点。走，我们去托克家吧。"

"托克看不起我，因为我没办法像他那样大胆地舍弃家人。"

"那就去库拉巴克家吧。"

自那场音乐会后，我就与库拉巴克成了朋友，于是便决定带着拉普一起去拜访这位大音乐家。库拉巴克过得比托克奢华许多，这并不是说他的生活与资本家盖尔一样。他只是在房间里摆满了各种古董——塔纳格拉陶俑、波斯陶器等，置办了土耳其风情的长椅，经常与孩子们在自己的肖像画下玩耍。然而今天却不知为何，他双臂环胸坐在椅子上，面色不快，脚下还落了一地的纸屑。拉普应该偶尔也会和诗人托克一起来库拉巴克家做客，只是今天像是被库拉巴克的样子吓到了，彬彬有礼地鞠了一躬后，就一直沉默地坐在房间一角。

"库拉巴克，你怎么了？"

我开口询问这位大音乐家，代之以寒暄问候。

"岂有此理，愚蠢的批评家！竟然说我写的歌词完全比不上托克写的。"

"你是音乐家嘛……"

"只说这个我还能忍，可他还说，和洛克比起来，我根本不配被称为音乐家。"

洛克是名音乐家，时常被人拿来与库拉巴克做比较。不凑巧的是，由于他并不是超人俱乐部的成员，所以我从未和他有过交流，只是时常在照片上看到他噘着嘴，看起来不大好相处的那张脸。

"洛克无疑也是天才。但他的音乐没有你的音乐里洋溢的现代化热情。"

"你真这么想吗？"

"是啊。"

库拉巴克站起身，立马抓起塔纳格拉陶俑，冷不防地摔到地板上。拉普看起来吓了一大跳，叫了一声，作势欲逃。然而库拉巴克对我和拉普打了个手势，示意我们用不着慌张，接着冷淡地说：

"那是因为你也和凡夫俗子一样没有耳力。洛克让我恐惧……"

"让你恐惧？别故作谦虚了。"

"谁故作谦虚了？在你们面前装，还不如在批评家们面前装呢。我——库拉巴克——是天才，在这一点上我根本不怕洛克。"

"那你怕的是什么？"

"一种面目不明的东西——控制着洛克的星星。"

“我实在没听懂。”

“这么说吧。洛克不受我的影响，可我却会在不知不觉间受到洛克的影响。”

“那是因为你的感受能力……”

“总之，先听我说。这不是什么感受能力的问题。洛克总是安安心心地做只有他能做到的事情，我却静不下心来。在洛克看来，这可能只是毫厘之差，但对我来说却已经谬以千里了。”

“可您创作的英雄曲……”

库拉巴克眯起本就细长的眼睛，不快地觑了拉普一眼。

“闭嘴吧，你懂什么？我了解洛克，比他身边那帮低眉顺眼的狗腿子还要了解他。”

“好啦，别那么激动。”

“我平静不下来……我常常觉得——有个我们都不认识的神秘人物——让洛克出现在我面前，就是为了嘲笑我库拉巴克。哲学家穆格知道这一切，虽然他常常只待在彩色玻璃灯下看那些旧书。”

“何出此言？”

“穆格最近写了本《蠢货的语言》，你看——”

库拉巴克递给我一本书——说是递，其实更像是丢过来的。他随后再次抱起胳膊，冷淡地说：

"今天就不奉陪了。"

我和没精打采的拉普再次走到道路上。人来人往的路面两边，山毛榉树荫下依旧是各种商铺。我不知怎的，默默无言地走在路上，恰在此时碰上了长发诗人托克。托克看到我们，从腹部的口袋里掏出手帕，一遍遍地擦拭额头。

"哎呀，有阵子没见了。我还准备今天去拜访许久未见的库拉巴克呢……"

我想着让这帮艺术家吵起来不太好，便委婉告诉他库拉巴克眼下心情不佳。

"是嘛，那就不去了吧。库拉巴克这人本来就神经衰弱……我这两三个星期也没睡好，精神头不行。"

"要不和我们一起散散步吧？"

"不了，今天就算了。哎呀！"

托克叫了一声，紧接着死命抓住我胳膊，不知何时全身冷汗淋漓。

"怎么了？"

"怎么了？"

"好像有只绿色的猴子从那辆车的车窗里探出了脑袋。"

我多少有些担心，便劝他找医生切克看一看。可无论怎么说，托克都没有那个意思。非但如此，他还怀疑地来回看我俩，甚至说出了这种话：

"我绝不是无政府主义者，这点你们千万别忘了——再见。我是不会去找切克的。"

我们呆愣愣地站在原地，看着托克离去的背影。我们——不，不是"我们"。拉普不知何时双腿叉开站在大路正中间，弯下身从双腿间观望络绎不绝的车流和人流。我怀疑他也精神失常了，大吃一惊，一把把他拉起来。

"别开玩笑了，你怎么了？"

拉普却揉着眼睛，用出乎意料的冷静口吻回道：

"没什么，我就是太郁闷了，想倒过来看看这个世界。可倒过来看原来也一样。"

十一

哲学家穆格所著的《蠢货的语言》中有几章如此写道——

*

蠢货常常认为除自己以外的人是蠢货。

*

我们热爱自然，是因为自然不憎恨、不嫉妒我们。

*

最聪明的生活方式是尽管轻视一个时代的风俗，却又毫不破坏风俗。

*

我们最引以为豪的都是我们没有的东西。

*

没有人会反对破除偶像崇拜。同时也没有人会不愿意成为偶像。而能够安坐偶像之位的都是最受神明青睐的人——蠢货、坏蛋，或是英雄。（库拉巴克在这一章里留下了爪印。）

*

我们生活所必需的思想或许早在三千年前便已道尽。我们所做的大概只是给旧柴添上了新火而已。

*

我们的特点便是习以为常地超越自我意识。

*

如果说幸福伴随着痛苦，平静伴随着倦怠——?

*

替自己辩解比替他人辩解困难。不相信的话看看律师就知道了。

*

自满、爱欲、怀疑——三千年来，一切罪恶都源自这三者。一切道德恐怕亦然。

*

降低物欲不一定就能带来平静。为了获得平静，我们还必须降低精神欲望。（库拉巴克在这一章也留下了爪印。）

*

我们比人类更为不幸。人类没有进化到河童的程度。（读到这一章时，我忍俊不禁。）

*

做成的事都是可行之事，可行之事方可做成。我们的生活终究无法跳出这种循环，即贯穿始终的不合理。

*

波德莱尔失智后，仅以一词表述自己的人生观——女阴。然而这个词未必阐述了他自己的人生。倒不如说，由于信赖自己的天赋——足以维持生计的诗歌天赋，他遗忘了肚子这个词汇。（这一章也留下了库拉巴克的爪印。）

*

如果始终贯彻理性，我们理所当然地必须否定我们自身的存在。奉理性为神的伏尔泰度过了幸福的一生，这便证明了人类的进化不及河童。

十二

一个稍有些寒冷的下午，我看腻了《蠢货的语言》，便出门去拜访哲学家穆格。在某个清冷的街角，我看到一个瘦得像蚊子似的河童无精打采地靠在墙边。毫无疑问，正是那个不知何时从我身上偷走了钢笔的河童。我暗道一声妙哉，叫住了恰巧经过此处的魁梧巡警。

"请把那个河童带回去审问。他一个月前偷走了我的钢笔。"

巡警举起握在右手中的木棍（这里的巡警不佩刀，而是携带水松木棍），出声招呼那个河童："喂，你过来。"我本来还心想，他不会逃跑吧，没想到那个河童竟然镇定地走到了巡警面前。非但如此，他还环抱着胳膊，高傲地盯着我和巡警看。然而巡警没有生气，只从腹部的口袋里掏出笔记本，当即开始询问起来。

"你叫什么？"

"格鲁克。"

"干什么的？"

"两三天前还是个快递配送员。"

"好。这个人控诉你偷了他的钢笔。"

"嗯，差不多一个月前偷的。"

"偷了干吗？"

"给孩子当玩具。"

"那个孩子呢？"

巡警这才向那个河童投去锐利的眼神。

"一周前就死了。"

"有死亡证明吗？"

干瘦的河童从腹部的口袋里拿出一张纸来。巡警看了那张纸，突然微微含笑，用力拍拍对方的肩膀。

"好了，辛苦了。"

我目瞪口呆地看着巡警。这么会儿，干瘦的河童已经嘀嘀咕咕地说着什么，甩开我们走远了。我终于回过神来，开口问巡警：

"为什么不抓他？"

"他没犯罪啊。"

"他偷了我的钢笔……"

"偷钢笔是为了给孩子当玩具，可那孩子已经死了。如果您有疑问，还请查询《刑法》第一千二百八十五条。"

巡警丢下这么一句以后，当即扬长而去。我无奈之下，口中反复念着"《刑法》第一千二百八十五条"，边念边快步往穆格家赶去。哲学家穆格一向热情好客。今天也一样，法官佩普、医生切克和玻璃公司的社长盖尔齐聚在昏暗的房间，在七彩玻璃灯下吞云吐雾。法官佩普来了，对我来说真是再好不过。我坐到椅子上，没去查询《刑法》第一千二百八十五条，而是立马问起了佩普。

　　"佩普，冒昧问下，你们国家是不惩罚罪犯吗？"

　　佩普抽着金嘴香烟，先是慢悠悠地吐出一口烟雾，这才意兴阑珊地说：

　　"当然惩罚了，连死刑都有。"

　　"可我一个月前……"

　　我道出事情的来龙去脉后，问他《刑法》第一千二百八十五条的内容是什么。

　　"哦，是这么写的——'无论所犯何罪，其犯罪动因消失后，均不得处罚该犯罪者'。按你这个情况来说，那个河童过去曾是孩子家长，如今已经没有这个身份了，罪名自然也就消亡了。"

　　"真是太不合理了。"

　　"别开玩笑了。对有过孩子的河童和孩子依然健在的河童一视同仁才是不合理的。哦，对了，在日本的法律里，他们是一样的。这在我们看来真的很可笑，呵呵。"

佩普丢开烟头，露出无所谓的浅笑。这时与法律不怎么搭边的切克插了进来。他稍微扶了扶夹鼻眼镜，开口问我：

"日本也有死刑吗？"

"当然了。日本实行绞刑。"

佩普不以为意的态度多少让我有些反感，便想借此机会讽刺下他。

"这里的死刑比日本文明吧？"

"那当然了。"

佩普依旧老神在在。

"我们不采用绞刑。偶尔会使用电击，但基本上也用不到，就只是向罪犯宣告他的罪名而已。"

"犯罪的河童这样就死了？"

"是啊。我们河童的神经比你们敏感。"

"不只死刑，有时杀人也会使用这种手段。"

盖尔露出亲切的笑容，整张脸都被彩色玻璃折射出的光染上一层紫色。

"最近我也因为听到某个社会主义者骂我小偷，差点引发心脏麻痹。"

"这种事比想象的多啊。我认识的一个律师就因为这个死掉了。"

我回看插话的河童——哲学家穆格。穆格依旧如往常般露出讽刺的笑意，说话时谁都不看。

"他不知被谁说是青蛙——当然你也知道，被人说青蛙，在我们这里就是畜生不如的意思——我是青蛙吗？是吗？他每天翻来覆去地想这个问题，最后就死了。"

"那就是自杀嘛。"

"可那个河童就是打着要他死的主意说的这句话。在你们看来，这也属于自杀……"

穆格正说到这里，房子墙壁另一头——确确实实是在诗人托克家里——一声尖锐的枪响骤然破空传来。

十三

我们赶到托克家，只见托克右手握枪，头上的盘子里渗出鲜血，仰面躺倒在种着高山植物的盆栽里。在他身旁，一个母河童把脸埋在托克胸口放声大哭。我扶起母河童（总的来说，我不太喜欢触摸河童滑溜溜的皮肤），"怎么了？"

"我不知道怎么回事。就看他写了点东西，然后他突然拿枪打了自己的头。啊，我可怎么办啊？qur–r–r–r–r，qur–r–r–r–r（这是河童的哭声）。"

"托克就是这么随性而为。"

玻璃公司的社长盖尔难过地摆摆头，对法官佩普如此说道。佩普却一言不发地点燃一支金嘴香烟。先前一直跪在地上检查托克伤口的切克摆出医生的姿态，对我们五人宣告道（严格来说一个人和四个河童）：

"已经无力回天了。托克本来就有胃病，这就够他忧郁的了。"

"不是说写了什么吗？"

哲学家穆格辩白般自言自语着，拿起桌上的纸张。大家都伸长脖子（只有我例外），越过穆格宽阔的肩膀去看纸上的内容。

"走吧，该动身了，去尘世之外的山谷。

去那岩丛陡峭、山水清澈、药草花烂漫的山谷。"

穆格朝我们转过身，微微苦笑着说：

"这首诗抄袭了歌德的《迷娘曲》。看来托克自杀是因为当诗人当累了吧。"

音乐家库拉巴克正巧乘车来到这里，见到眼前的光景，先是在门口呆立了片刻。待走到我们面前后，他怒吼般对穆格说：

"这是托克的遗书吗？"

"不，是他死前写的诗。"

"诗？"

冷静的穆格把诗稿递给怒发冲冠的库拉巴克。库拉巴克目不斜视，一心读起了诗稿，甚至都不大顾得上回穆格的话。

"你对托克的死有什么看法？"

"走吧，该动身了……我也不知道自己什么时候会死……去尘世之外的山谷……"

"你不是托克的密友之一吗？"

"密友？托克总是孤身一人……去尘世之外的山谷……不过他实在是不幸……去那岩丛陡峭……"

"不幸？"

"山水清澈……你们是幸福的……岩丛陡峭……"

我很同情那个到现在还泣不成声的母河童，便轻轻揽住她肩头，领她走到房间一角的长椅边。这里有个两三岁的河童，他正笑着，不明白发生了什么。我替母河童哄逗着他，不知不觉间，我感觉自己也已经热泪盈眶。这是我生活在河童之国时的唯一一次落泪。

"说起来，和这样随性而为的河童成为一家人，也真是可怜。"

"毕竟他只想着眼前。"

法官佩普还是和先前一样点燃一支烟，如此回应资本家盖尔。这时，库拉巴克的大喊大叫把我们吓了一跳。他捏着诗稿，自顾自地呼喊着：

"太好了！我想到了一首绝佳的葬曲！"

他细长的眼睛熠熠发亮，稍稍握了下穆格的手，便一下子飞奔出门口。不消说，很多住在附近的河童这会儿都已经聚集在托克家门口，看稀奇似的窥探屋子里的情形。然而库拉巴克不管三七二十一地把他们左右拨开，一下跳进自家车里。与此同时，汽车发出轰鸣，不一会儿便已消失不见。

"行了行了，别看了。"

法官佩普担当起警察的角色，把那一大帮河童推挤出去，关上了托克家的门。房间里于是乍一下鸦雀无声。就在这一片寂静里——在高山植物的花香夹杂着托克血液气味的房间里，我们商量起了托克的后事。然而唯有哲学家穆格凝视着托克的尸体，漫无目的地思考着什么。我拍拍穆格的肩膀，问他在想什么。

"我在想河童的生活。"

"河童的生活怎么了？"

"说到底，我们为了坚守河童的生活……"

穆格多少有些不好意思地小声补充道：

"就总得信奉点其他什么东西的力量。"

十四

穆格的这番话让我想起了宗教。我当然是唯物主义者，绝对没有正儿八经地考虑过宗教这回事。然而此时由于受到托克之死带来的震撼，便开始想要知道河童的宗教究竟是什么。我立刻问了学生拉普。

"有基督教、佛教、伊斯兰教、祆教，等等。势力最大的说到底还是现代教，也叫生活教。"（"生活教"这个译词或许不大恰当。原话叫Quemoocha。cha估计就是英语里ism的意思。quemoo的原形是quemal，翻译过来与其叫"生活"，不如说是"吃饭、喝酒、做爱"的意思。）

"那这里应该也有教会、寺院什么的吧？"

"开什么玩笑。现代教的大寺院可是我们这儿最宏伟的建筑呢。如何，要不要去看看？"

一个微暖的阴天下午，拉普得意扬扬地和我一起去了大寺院。那确实是座庞大的建筑，足足有东京复活大教堂的十倍。并且融合了所有的建筑风格。当我站在大寺院前，看着高塔和圆屋顶时，甚至感受到了莫名的寒意。说实话，这些建筑看起来就像无数只伸向天空的触手。我们伫立在玄关前（和玄关比起来，我们是多么的渺小啊！），先仰望了一会儿这座比起建筑，更像是个非同寻常的怪物的稀世寺院。

大寺院的内部也很宽广。科林斯风格的圆柱间穿行着几个前来参拜的河童，看起来和我们一样，显得十分渺小。走着走着，我们遇到了一个弯腰驼背的河童。拉普对着他低下头，恭敬地说：

"长老，看您身体安康，真是再好不过了。"

那个河童也回以一礼，客气地应道：

"是拉普啊？你也一样，还是那么——（说到这里稍微卡了下壳，大概是终于注意到拉普的嘴巴溃烂了吧）——哎呀，还是那么结实。今天怎么有空过来……"

"今天是陪这位一起来的。您大概也知道他——"

拉普随即滔滔不绝地介绍起了我这个人，似乎也是想借此辩白自己不怎么来大寺院这回事。

"接下来还想请您给这位介绍下大寺院。"

长老落落大方地微笑着，先和我打了个招呼，而后静静指向正对面的祭坛。

"让我介绍，我可派不上什么用场。对面祭坛上是我们信徒礼拜的'生命树'。如您所见，上面结着金色和绿色的果实。金色的果实叫'善果'，绿色的果实叫'恶果'……"

听着这样的介绍，我已然觉得无聊。难得听到长老讲话，却也好似听的是陈旧的比喻。当然了，我面上还是装出一副聚精会神的姿态，却时而不忘偷偷窥视大寺院里边的模样。

科林斯风格的立柱，哥特风的圆穹顶，透出阿拉伯风情的黑白格纹地板，仿造分离派风格的祷告桌——它们营造的和谐奇异地酝酿出野蛮的美感。然而最吸引我目光的还是摆在两侧壁龛里的大理石半身像。两尊石像看着有点眼熟。这也用不着奇怪。那个驼背的河童介绍完生命树后，与我和拉普一同走到右侧的壁龛前，如此介绍壁龛里的半身像。

"这是我们的圣徒之一——反叛一切的圣徒斯特林堡。据说他曾饱经折磨，最后从斯威登堡的哲学中获得了拯救。可他实际上并没有获得拯救。这名圣徒与其说像我们一样信奉生活教——倒不如说是除了信奉别无他法。您可以去读一下他留给我们的一本书，叫《传说》，他在里面自述，说他自己也是自杀未遂者。"

我感到些许忧郁，目光转向第二个壁龛。里面摆的是个蓄着大胡子的德国人。

"这是查拉图斯特拉的诗人尼采。他向自己制造出的超人寻求救赎。然而最终没有获救，精神失常了。他要是没疯，或许都进不了圣徒的行列吧……"

长老沉默片刻，带我们走到第三个壁龛前。

"第三名圣徒是托尔斯泰。他的苦难比任何人都更为深重。他原本是贵族出身，因此不喜欢对好奇心旺盛的世人展露苦难。其实，他曾努力信仰不可信仰的基督。不，他甚至还曾公然宣称自己信奉基督。可到了晚年，终究承受不住这个悲壮的谎言。这名圣徒时常畏惧书房房梁的传闻也广为人知。不过他都进了圣徒的行列，想也知道肯定不是自杀而亡的。"

第四个壁龛里的半身像是我们日本人。当我看到这个日本人的脸时，不由得心生怀念。

"这是国木田独步，一个深知被碾轧致死的工人有过何种心路历程的诗人。你肯定不需要我再过多介绍了，那请接着看第五个壁龛吧——"

"这不是瓦格纳吗？"

"对。一个曾经和国王交好的革命家。圣徒瓦格纳晚年连吃饭前都要做祷告。不过比起基督教，他更是生活教的信徒之一。从他留下的信件来看，尘世之苦不知多少次把他逼到了死亡面前。"

此时我们已经站到第六个壁龛前。

"这是圣徒斯特林堡的朋友，商人出身的法国画家，没管和自己生了很多孩子的夫人，娶了个十三四岁的塔希提岛人。这个圣徒粗壮的血管里流着水手的血液。您看他嘴巴，上面有砒霜还是什么东西的痕迹。第七个壁龛里摆的是……您累了吧，那请到这边来吧。"

我确实累了，便和拉普一起跟随长老走进回廊旁一个飘着花香的房间。小小的房间一角有尊黑色的维纳斯神像，神像下供奉了一串山葡萄。我原先只以为这会是间没有任何装饰的僧房，因此稍微有些意外。长老似乎从我脸上看出了心中所想，请我们坐下前，先半带怜惜地说：

"请不要忘了我们信仰的是生活教。我们的神——生命树的教谕是'热情地活着吧'……拉普，你给这位看过我们的《圣经》吗？"

"没有……其实我自己都没怎么看过。"

拉普挠挠头上的盘子，诚实地回答道。然而长老依旧平静地微笑着说：

"那您大概不知道吧。我们的神在一天之内创造了这个世界（生命树虽然是树，却无所不能）。非但如此，他还造出了母河童。母河童因为太无聊，就想要一个公河童。我们的神听到母河童的哀叹，心生怜悯，就取了母河童的脑髓，创造出了公河童。神祝福这两个河童说："吃吧，做爱吧，热情地生活吧。'……"

我听着长老的话，想起了诗人托克。诗人托克实在不幸，他和我一样，都是无神论者。我不是河童，不知道生活教也情有可原。可出生在河童国度的托克自然是应该知道"生命树"的。托克没有遵循教谕的自杀之举让我感到怜悯，便打断长老的讲述，谈起了托克。

"啊，你说那个可怜的诗人啊。"

长老听到我的话，发出深深的叹息。

"决定我们命运的唯有信仰、境遇与机缘（不过你们大概还要算上遗传吧）。托克是不幸的，他没有信仰。"

"托克应该很羡慕您吧。说实在的，我也羡慕您。拉普还年轻……"

"我的嘴要是没烂，估计也会活得很乐观。"

长老听我们这么说，再次长叹一口气。他的眼里泪光闪烁，深深凝视着黑色的维纳斯神像。

"其实，我也——这是我的秘密，还请不要对任何人提起——我也没法信仰我们的神。可总有一天，我的祷告——"

正当长老说到这里的时候，房间门突然打开，一个体形硕大的母河童猛地朝长老飞扑过来。我们自然努力想拦住她。可母河童转瞬间已将长老扑倒在地。

"你这死老头子！今天又从我钱包里偷拿酒钱！"

仅仅十分钟后，因为实在逃不出去，我们就丢下长老夫妇，走出了大寺院的玄关。

"这么看来，那位长老应该也不相信'生命树'吧。"

默默无语地走了一阵子后，拉普对我如此说道。可我没有答话，而是不由自主地回身看向大寺院。大寺院的高塔和圆屋顶如同无数只触手，向着阴沉的天空伸展而去，释放出看起来如同沙漠上空的海市蜃楼般的恐怖感……

十五

自那以后过了一周，我不经意间从医生切克那里听来奇闻，说是托克家有鬼魂出没。那个时候，跟随托克的母河童已不知去向，我们这位诗人朋友的家也成了摄影师的工作室。听切克说，一在工作室里拍照，托克的身影必定就会不知何时朦朦胧胧地显现在客人身后。不过，切克是唯物主义者，不相信人死后还有鬼魂。事实上，他在和我讲这件事的时候，就带着不怀好意的微笑，像做注解似的补充说："鬼魂这种东西也是物质。"我和切克差不多，也不相信鬼魂的存在。但我与诗人托克关系亲近，于是立马跑到书店，买回一大堆关于托克鬼魂的报道和刊登了鬼魂照片的杂志。我查看那些照片，确实发现有个形似托克的河童身姿影影绰绰地出现在各个男女老少身后。然而比起照片，更让我震惊的是关于托克鬼魂的报道——尤其是心灵学协会的相关报告。我几乎逐字逐句地翻译了这篇报告，梗概如下，括号里的内容是我自己添加的注释——

关于诗人托克鬼魂的报告（心灵学协会杂志第八千二百七十四号刊载）。心灵学协会在先前自杀而亡的诗人托克的旧居，如今为××摄影师工作室的××街第二百五十一号举行了临时调查会。列席会员名单如下（姓名略去）。

九月十七日上午十点三十分，我们十七名会员与心灵学协会会长佩克一道，陪同我们最为信赖的媒体、胡普夫人，共聚在工作室的一个房间里。胡普夫人一进房间，当即感受到灵异波动，全身抽搐，呕吐了数次。据夫人所说，此乃诗人托克嗜好烟草所致，灵异波动也是因为空气中含尼古丁成分。

我们与胡普夫人一同默默围坐在圆桌边。三分二十五秒后，夫人陷入极其猛烈的梦游状态，被诗人托克附身。我们按照年龄顺序，依次对附在夫人身上的鬼魂开展了如下询问。

问：你为何要以鬼魂面目示人？

答：为得知我死后名声如何。

问：你——或者说所有鬼魂都想得知自己死后有何名声吗？

答：至少我是如此。不过我曾邂逅一位日本诗人，他便不在意自己死后的名声。

问：你知道那个诗人姓甚名谁吗？

答：很不幸，我已忘记，只记得他喜好创作的十七字诗的一首。

问：什么诗？

答："清静古池畔，青蛙一头跃入水，扑通一声响。"

问：你觉得这是首佳作吗？

答：未必是劣作。只是若将"青蛙"换作"河童"，想来应该更加出彩。

问：为何？

答：我们河童无论面对何种艺术，总要从中执着追求河童的身影。

此时，会长佩克提醒十七名会员说，这是心灵学协会的临时调查会，不是集体讨论会。

问：众鬼魂的生活如何？

答：与你们并无区别。

问：那你后悔自杀吗？

答：未必后悔。我若厌倦鬼魂生活，便应再拿手枪独活。

问：独活容易吗？

托克的鬼魂以一问做了回答，熟悉他的人应该都知道，这是他常有的应答方式。

答：自杀容易吗？

问：你们是永生的吗？

答：关于我们的生命众说纷纭，不可相信。幸而我们也有基督教、佛教、伊斯兰教、祆教等诸宗，不要忘了。

问：你信什么？

答：我通常是怀疑主义者。

问：可你至少应该不怀疑灵魂的存在吧？

答：同各位一样，无法确信。

问：你朋友多吗？

答：我的朋友横亘古今东西，应该不下于三百位。要说名人的话，有克莱斯特、美因兰德、魏宁格……

问：你只和自杀的人交朋友吗？

答：并非如此。我有个值得敬畏的朋友，像蒙田一样声援自杀。不过我不和没有自杀的厌世主义者——叔本华之辈打交道。

问：叔本华还健在吗？

答：他眼下创立了鬼魂的厌世主义，一直在论证独活的可能性。不过在知道霍乱也是细菌感染病症后，似乎已颇为放心。

我们接连询问了拿破仑、孔子、陀思妥耶夫斯基、达尔文、克利奥帕特拉、释迦牟尼、狄摩西尼、但丁、千利休等鬼魂的消息。可不幸的是，托克并没有详细作答，反倒问起了关于自己的种种闲话。

问：我死后名声如何？

答：有位批评家称你为"众多微不足道的诗人之一"。

问：那应该是怨恨我没把自己的诗集送给他。我的全集出版了吗？

答：出版了，但是卖得不怎么好。

问：我的全集应会在三百年后——也就是失去著作权之时，引发万人竞购。与我同居的女友现在如何？

答：已嫁给书店老板拉克。

问：她真不幸，如今应该还不知道拉克装的是假眼。我的孩子怎么样了？

答：听说去了公立孤儿院。

托克沉默片刻，再次开启新的疑问。

问：我家如何了？

答：成了某个摄影师的工作室。

问：我的书桌呢？

答：无人知晓。

问：我在书桌抽屉里珍藏了一沓信件——幸而与事务繁忙的诸位无关。如今我们鬼魂界逐渐日薄西山，该与诸位诀别了。永别了，各位，善良的各位。

随着最后一句话话音落下，胡普夫人又猛地清醒过来。我们十七名会员向上天起誓，这篇问答记录绝对毫无杜撰成分（另外，我们按胡普夫人以前当女演员时的日薪给她支付了报酬）。

十六

看完这篇报告以后，我待在河童之国，渐渐感到闷闷不乐，便想着回到人类的国度。然而无论怎么探寻，都找不到那个跌落下来的洞口。其间，听渔夫巴格说，有个上了年纪的河童安安静静地生活在城市尽头，平日里看看书、吹吹笛。我心想，要是去拜访这个河童，说不定能打听到逃出河童国度的路线，于是很快动身去了城市尽头。然而到那儿一看，小得可怜的房子里哪有什么老河童，只有个头上的盘子都没长稳，勉强有个十二三岁的河童在那儿慢悠悠地吹着笛子。我自然以为自己走错了地方，不过本着以防万一的念头，还是问了他的名字，果然就是巴格口中说的那个上了年纪的河童。

"可你看起来还是个孩子……"

"你没听说吗？我不知道撞上了什么命，刚从母亲肚子里出来时已经白发苍苍，之后越长越年轻，如今成了这副孩童模样。不过要算起年纪，如果出生前有六十，现在估计至少也有一百五十六岁了。"

我的视线在屋子里扫视一圈。不知是不是我的错觉，朴素的桌椅间似乎浮动着纯洁的幸福气息。

"你看起来过得比其他河童都幸福啊。"

"这个嘛，我不清楚。我年轻的时候是老人，老了以后成了年轻人，因此既不像老人那样欲壑难填，也不像年轻人那样耽于美色。总之，我这一生就算不幸福，但绝对够安逸了。"

"那应该确实挺安逸的。"

"不，仅仅这样还不足以过得安逸。我身体健康，还有能让我一辈子不愁吃穿的财产。不过我觉得最幸福的还是出生时就是个老人。"

我同这位河童聊了会儿天，说托克自杀啦，盖尔每天都看医生啦云云。然而不知为何，年老的河童看起来似乎对我讲的事情不大感兴趣。

"看来你不像其他河童那样执着于生存吧？"

年老的河童看着我，平静地回答：

"我也和其他河童一样，出生时父亲问了要不要来到这个世界之后，才从母亲肚子里出来的。"

"可我却是偶然掉落到这里来的。请告诉我怎么才能离开这里。"

"离开这里只有一条路。"

"什么路？"

"就是你来时的那条路。"

听到这个回答，我不知怎的汗毛倒竖。

"我偏偏找不到那条路了。"

年老的河童水汪汪的眼睛一眨不眨地盯着我的脸，而后终于起身走到房间一角，拉下从天花板上垂落的一条绳索。先前一直没留意的天窗于是开了一扇。圆形的窗外是伸展的松柏枝叶，天空碧蓝澄澈。哦，还耸立着形似大箭镞的枪岳山峰。我就像看到飞机的孩子一样，兴奋地一跃而起。

"来，从这儿出去吧。"

年老的河童说着，指了指那条绳索。我一直以为那就是根绳子，原来还是个绳梯。

"那我就从这儿出去了。"

"不过我话说在前头，出去了可别后悔啊。"

"没问题。我绝不后悔。"

刚说完这句，我已经爬上了绳梯，远远俯视着老河童头顶的盘子。

十七

从河童之国回来后，有段时间我根本闻不了人类皮肤的气味。与我们人类相比，河童这种生物实在是干净得很。并且看惯了河童后，再看人类的脑袋，实在是觉得毛骨悚然。你或许理解不了我这种感觉。眼睛、嘴巴就不说了，人类的鼻子总是莫名地让我感到恐惧。我自然尽量不见任何人，不过等不知不觉中逐渐习惯了人类的长相后，大概过了半年，我又能随意出门走动了。只是还有个问题困扰着我，那就是与人聊天时，总会不留神蹦出河童的语言。

"你明天在家吗？"

"Qua。"

"什么意思？"

"啊，在的意思。"

大体是这么个情况。

说起来，从河童之国回来差不多一年后，我因为生意失败……（病人说到这里的时候，S博士提醒他不要聊这个话题。据博士所说，病人每次聊到这个话题都会发狂，医护人员管都管不住。）

那就不说这个了吧。因为生意失败，我开始打起重回河童之国的主意。是的，不是"去"，而是"回"。对当时的我来说，河童之国就像故乡一样。

我悄悄跑出家门，准备乘坐中央线火车。偏不凑巧被巡警抓住，最后被丢进了这家医院。刚进医院的当下，我还一直思念着河童之国：医生切克怎么样了？哲学家穆格大概还是老样子，每天坐在七彩玻璃灯下思考着什么吧。特别是我亲密的朋友，嘴巴溃烂了的学生拉普——那是个如同今天一般的阴沉午后。沉浸在回忆里的我突然情不自禁地叫了起来，原来那个叫巴格的渔夫不知何时进来了。他站在我面前，一遍遍低头行礼。我收拾好心情——忘了自己是哭还是笑。总之，重操许久未曾使用的河童语言令我十分激动，这一点是确信无疑的。

"呀，巴格，你怎么来了？"

"嗯，来看看你。听说你好像病了。"

"你是怎么知道的？"

"听广播新闻知道的。"

巴格自得地笑了起来。

"难为你特地过来一趟啊。"

"没什么，一点也不麻烦。东京的河流、沟渠，对河童来说就和马路一个样。"

我这才反应过来，河童和青蛙一样都是两栖动物。

"可这附近没有河啊。"

"我没过河，是沿着水管爬上来的，爬到了以后再打开消防栓……"

"打开消防栓？"

"您忘了吗？河童里面也有机械工。"

自那以后，每两三天都有各种河童前来拜访。听S博士说，我得的是精神分裂症。可医生切克说（这么说无疑对您也很失礼），我没有得精神分裂症，真正得精神分裂症的是包括S博士在内的诸位自己。医生切克都来了，学生拉普和哲学家穆格就更不用说了。然而除了渔夫巴格以外，没有哪个河童会在大白天前来拜访。尤其是两三个河童结伴一起的时候，都是在夜晚造访——还是有月亮的夜晚。昨晚我还在月光下同玻璃公司的社长盖尔、哲学家穆格聊天，还听音乐家库拉巴克拉了一首小提琴曲。你看，对面桌上不是放了一束黑百合吗？那是昨晚库拉巴克给我带的手信……

（我转过身，想也知道，桌上自然空无一物。）

还有这本书，也是哲学家穆格特意给我带的。您读读看开头那首诗吧。不对，您不懂河童的语言。那我读给您听吧。这是近来出版的托克全集中的一册——

（他翻开陈旧的电话本，大声读起了下面这首诗。）

　　——椰子花与竹林中

　　佛陀早已沉睡。

　　基督也死了

　　与路边干枯的无花果一起。

　　我们必须休息

　　即便是在戏台前。

　　（戏台背后，只有缀满补丁的画布？）——

不过我不像这个诗人那般厌世。只要河童们时常前来——啊，这件事我给忘了。你还记得我的朋友法官佩普吧，他丢了公职后真的发疯了。听说如今住进了河童之国的精神病医院。如果S博士同意的话，我还想去看看他呢……

（昭和二年二月十一日）

一个傻子的一生

这篇文章发表与否自不必说，发表时间和发表机构等相关事宜，我也想托付给你。

　　里面出现的人物，你想必大都认识。文章如发表，我希望不要添加索引。

　　我如今生活在最不幸的幸福当中。但不可思议的是，我并不感到后悔，只是实在怜悯像我这样拥有不称职的丈夫、孩子、父母的人。再见了。在这篇文章里，我自认为自己至少没有刻意为自己辩护。

　　最后，我特地把文章托付给你，是想着你大概比任何人都更加了解我。（只要剥去我城里人的外衣）你就尽情笑文章里这个蠢笨的我吧。

昭和二年六月二十日

芥川龙之介

久米正雄君

一　时代

这是一家书店的二楼。二十岁的他爬上搭在书架边的西式梯子寻找新书。莫泊桑、波德莱尔、斯特林堡、易卜生、萧伯纳、托尔斯泰……

日头逐渐西斜，他却依然专注地扫视着书脊上的文字。成排摆开的与其说是书，倒不如说是世纪末的图景。尼采、魏尔伦、龚古尔兄弟、陀思妥耶夫斯基、霍普特曼、福楼拜……

他与昏暗的光线作斗争，逐一细数过这些大家的名号。书本开始自然而然地沉入慵懒的光影中。他终于耐心耗尽，准备从西式梯子上爬下来。这时，没有灯罩的电灯突然在他额上亮起。他站在梯子上，俯视穿梭在书本间的店员和顾客。他们看起来小小一只，而且实在是寒酸。

"人生还不及波德莱尔一行诗。"

他在梯子上环视众人片刻……

二　母亲

疯子们全都穿着同样的灰褐色衣服。宽敞的房间因此越发显得阴郁。他们中有一人面向风琴，忘我地持续弹奏着赞美曲。还有一人站在房间正中央，与其说跳舞，更像是在随意蹦跶。

他与面色红润的医生共同眺望着这幅光景。他的母亲十年前也与那些疯子没有半点区别。没有半点区别——事实上，他从他们身上感受到了母亲的气息。

"走吧？"

医生先他一步，沿着回廊走向一间房。那间房一角有个装满酒精的玻璃壶，里面泡着几个大脑。他看到某个大脑上有微微泛白的东西，就像滴上去的一点蛋清。他与医生站着聊天，再次想起了母亲。

"这个大脑的主人曾经是××灯具公司的技师。他总觉得自己是台黑亮的大发电机。"

他看向玻璃窗外，借此回避医生的视线。窗外除了插着空瓶子碎片的砖墙外空无一物。砖墙隐隐泛白，上面覆盖着浅淡的苔藓斑点。

三 家

他生活在郊外某栋房子的二楼。

由于地基不稳，二楼有着奇异的倾斜。

他的阿姨时常在二楼与他争吵。养父母并非没有从中调解。可他却从阿姨身上感受到了比任何人都更加深沉的爱。他二十岁时，终身未嫁的阿姨已经年近花甲。

在郊外房子的二楼，他不知多少次思考着，互相爱着的两个人是不是就会互相折磨，边想边感受着二楼可怕的倾斜。

四　东京

隅田川乌云低垂。他从行驶着的小型蒸汽船窗口眺望向岛上的樱花。

烂漫的樱花在他眼里如同一排破烂，阴郁沉闷。然而不知从何时起，他从樱花中——从源自江户时代的向岛樱花中看到了自己。

五　自我

他和前辈一起坐在一家咖啡馆的桌子边，不停地抽着卷烟。他几乎不怎么开口，却专注地听前辈讲话。

"今天坐了半天的车。"

"是有什么事吗？"

前辈支着下巴，漫不经心地说：

"没什么，就是想坐车而已。"

这句话把他引向未知的世界——接近众神的"自我"世界，让他在那里解放了自我。他感到疼痛，然而同时又感到欢喜。

这家咖啡馆特别小，潘神像画框下是个赭红色的花盆，种在盆里的橡胶树耷拉下肥厚的树叶。

六　病

他在一阵接一阵的海风中翻开英语词典，划动指尖查找单词。

Talaria：带翅膀的鞋，或系带凉鞋。

Tale：故事。

Talipot：产自东印度的棕榈树。树干高度在五十到一百英尺间，树叶可用于制作伞、扇子、帽子等。七十年开一次花……

他用想象清晰地描绘出这种棕榈花的模样，喉咙因而感到前所未有的痒意，不受控地吐了口痰落在词典上。痰？——然而那并不是痰。他思考着短暂的生命，再次想象起椰子花的模样，那遥远的大海彼端，高高耸立的椰子花。

七　画

突然间——真的是突然间，他站在一家书店门前，看着凡·高画集的时候，突然间就理解了绘画的艺术。当然了，那本画集印的都是画作的照片。但他依然从照片中感受到了鲜明地浮现而出的自然。

对于绘画的热情更新了他的视野。不知从何时起，他开始不断留意蜿蜒的树枝与女子饱满的脸颊。

一个下过雨的秋日傍晚，他从郊外一座铁路桥下走过。

铁路桥对面的堤坝下停着一辆运货的马车。他从车边经过的时候，感到之前已有人走过这条路。是谁呢？——都这个时候了，也用不着问自己这个问题。在二十三岁的他心里，有个切掉耳朵的荷兰人叼着长长的烟斗，锐利的眼神专注地投向这幅沉郁的风景画……

八　火花

他走在沥青路面上，身体已被雨淋湿。雨下得猛烈，他置身在四处飞溅的水沫中，闻到了橡胶外套的气味。

眼前的天桥散发出紫色的火花，奇异地撼动了他的心。上衣口袋里藏着要在他们创办的同人杂志上发表的文稿。他走在雨中，再次仰望身后的天桥。

天桥依旧释放着刺眼的火花。他此前览尽人生，还是没找到自己尤为渴望的东西。唯有这紫色的火花——空中骇人的火花，他就是拼上性命也想把它抓住。

九　尸体

所有尸体的大拇指上都挂着缠了铁丝的牌子。牌子上记录了姓名、年龄，等等。他的朋友弯下腰，熟练地挥舞着手术刀，开始剥离一具尸体的脸皮。皮肤下是美丽的黄色脂肪。

他凝望着那具尸体。为了完成一则短篇——一则以王朝时代①为背景的短篇，他无疑必须这么做。然而，尸体的气味就像腐烂的杏，闻着实在不舒服。他的朋友皱起眉，静悄悄地挥舞着手术刀。

"最近尸体不够用了啊。"

---

①王朝时代：日本古代天皇掌权的一段历史时期，主要在奈良时代、平安时代。

朋友说道。他不知不觉间已经想好了如何作答——"要是不够，我就随便杀几个人"。当然，这个回答仅仅藏在他心里。

十　老师

他在巨大的槲树下阅读老师的书。秋日阳光中，槲树连每片叶子都纹丝不动。某处遥远的半空中，一杆挂着玻璃盘的秤保持着微妙的平衡——他读着老师的书，想象出这样一幅场景……

十一　黎明

夜色逐渐退去。不知何时，他已站在街角环视宽敞的集市。聚在集市里的人和车都开始渐渐染上玫瑰色。

他点燃一支卷烟，安静地走进集市。一条细瘦的黑狗冷不防朝他狂吠。他却见怪不怪，甚至颇觉喜爱。

集市正中央有棵法国梧桐，枝干伸展向四面八方。他站在树根下，透过枝干仰望高空。头顶正上方正巧有颗星星闪烁。

这会儿他二十五岁——是遇见老师的第三个月。

十二　军港

潜艇内部略有些昏暗。他在前后左右都密不透风的机器里弯下身子，窥视小小的潜望镜。映在镜片上的是明媚的军港风景。"还能看到'金刚号'巡洋舰吧。"

一个海军军官朝他搭话道。他眺望着映在方形镜片上的小小军舰，不知怎的，突然想起了荷兰芹，那种撒在一人份收三十钱的牛排上，微微散发出香味的荷兰芹。

十三　老师之死

雨停了，他迎风走在一个新车站的站台上。天色依然昏暗。站台对面有三四个铁路工人，他们齐齐挥动鹤嘴镐，嘴里高声唱着什么。

雨后的风吹散了工人的歌声和他的情绪。他烟也没点，感受着近乎愉悦的痛苦，把"老师病危"的电报塞在外套口袋里……

早上六点出发前往东京的火车冒着浅浅的白烟，从对面松山的影子里弯弯绕绕地朝这边开了过来。

十四　结婚

结婚第二天，他责怪妻子说："刚进门就乱花钱不好。"不过与其说他要抱怨，倒不如说是阿姨让他说的。妻子自然向他道歉，还给阿姨也道了歉，端着那盆为他买来的黄水仙……

十五　他们

他们过着平静的生活，在阔大的芭蕉叶阴影下。——他们的房子位于海滨小镇，距离东京就是坐火车也得花上一个小时。

十六　枕头

他以散发着玫瑰叶气息的怀疑主义作枕，阅读阿纳托尔·法朗士的著作。却没留意到枕头里不知何时也有了半人马的身姿。

十七　蝶

　　一只蝴蝶在满溢着海藻气息的风中翩翩翻飞。有那么短短一瞬间，他感觉干枯的嘴唇上传来蝴蝶翅膀拂过的触感。而唯有那不知何时擦拭掉的，翅膀上的粉末，数年后依然在他唇上闪闪发光。

十八　月

　　他在一家旅馆台阶上碰巧遇到了她。即便在这样一个白天，她的面容依然如同笼罩在月光中一般。他目送她走远（他们此前从未见过），感到前所未有的孤寂……

十九　人造翅膀

　　他的关注焦点从阿纳托尔·法朗士转移到了十八世纪的哲学家们身上。然而卢梭却不在此列。或许是因为他自己身上的一面——容易受热情驱使的一面与卢梭相似吧。他不断靠近与他身上的另一面——富于客观理智的一面近似的，《老实人》^①里的哲学家。

对人生走过二十九载的他而言，生活已经没有了丝毫光亮。然而伏尔泰却给这样的他赋予了一双人造翅膀。

他展开这双人造翅膀，轻巧地飞上天空。与此同时，沐浴在理智光芒当中的，人生的欢喜与哀愁则不断下沉而去。

他在各个破旧的城镇上方留下讥讽与微笑，径直穿过一览无余的天空，朝向太阳而去，忘却了那个因人造翅膀正好被阳光灼烧，最终溺海而亡的古希腊人^②……

二十　枷锁

他们夫妻二人与他的养父母住到了一起，因为他进了一家报社。他把写在黄纸上的一纸合同当作自己的力量源泉。然而后来再看合同，那就是报社不承担任何义务，只让他承担义务的契约。

———————————

①《老实人》：伏尔泰所著哲学小说，猛烈抨击了宗教、道德、政治。

②这里指的是古希腊神话中的人物伊卡洛斯。他用蜡和羽毛制造翅膀，想要逃离克里特岛，因为飞得太高，翅膀上的蜡被太阳融化，最后跌落水中丧生。

二十一　发疯的姑娘

阴天里，两辆人力车奔跑在不见人烟的乡间小道上。海风迎面吹来，显而易见，这条路的前方便是大海。他坐在后面的一辆人力车里，一边讶异于自己竟对这场约会毫无兴趣，一边思考着究竟是什么把自己引到了这个地方。绝不会是恋爱。如果不是恋爱——为了回避答案，他不得不心想，"总之我们是平等的"。

坐在前面那辆人力车里的是个疯姑娘。她妹妹还因嫉妒自杀身亡了。

"实在是没办法。"

他对这个疯姑娘——唯有动物本能还强烈存在的疯姑娘产生了憎恶的情绪。

这时，两辆人力车从散发着海滨气味的墓地外经过。带牡蛎壳的粗枝篱笆墙中立着几座黑黢黢的石塔。他越过石塔眺望微微泛光的大海，不知怎的，突然蔑视起她的丈夫——没能抓住妻子的心的丈夫……

二十二　一个画家

这是杂志上的一幅插图。画着一只公鸡的水墨画展露出明显的个性。他向一个朋友打听画家是谁。

一个星期后，画家登门拜访。即便在他整个人生中，这也是件了不得的大事。他在这位画家身上看到了无人知晓的诗意，还看到了一直未曾发现的，他自己的灵魂。

一个微冷的秋日傍晚，他看着一株玉米秆，突然想到了那个画家。高高的玉米秆披着粗糙的叶片，在填高的土壤上露出神经般细密的根须。这无疑也是敏感易伤的他的自画像。然而这个发现仅仅是让他的心情蒙上一层阴影而已。

"已经太迟了，真到了那个时候……"

二十三　她

广场前笼上了暮色。他走在广场上，身体微微发热。几栋高楼大厦的窗口透出灯光，闪耀在隐隐显出银色的澄净天空中。

他在路边驻足，等待她的到来。五分钟后，她一身落拓地走到他身边，一见他便露出微笑："辛苦了。"他们并排走在光线朦胧的广场上，这对他们来说还是头一次。他觉得只要能和她在一起，他什么都可以舍弃。

坐上车后，她深深凝视着他："你不会后悔吧？"他斩钉截铁地回答："不会。"她按住他的手："反正我不后悔。"这个时候，她的脸依然像笼罩在月色中一样。

二十四　分娩

他伫立在隔扇边，俯视穿着白色手术服的接生婆给婴儿清洗身体。婴儿一被肥皂迷了眼，就会皱起可爱的小脸，还会大声啼哭。他莫名觉得婴儿身上的味道好像只老鼠崽，不由万分感慨地想——"这家伙为什么也出生了呢？为什么要来到这个充满痛苦的尘世——又是为什么要背负起成为我这种人的孩子的命运呢？"

这是他妻子诞下的第一个男孩。

二十五　斯特林堡

他站在房间门口，在石榴花盛放的月色下看几个脏兮兮的支那人①打麻将。看了一阵后回到房间，就着低矮的油灯读起了《痴人的告白》。还没看到两页，他就不由自主地露出苦笑——在给情妇伯爵夫人的信中，斯特林堡也撒了和他大差不差的谎……

二十六　古代

色彩斑驳的佛、神、马、莲花几乎要将他压倒。他仰视着他们，忘却了一切，连摆脱了疯姑娘的幸运也忘了……

二十七　斯巴达式训练

他和朋友正走在巷子里，一辆带篷人力车从正对面跑了过来，坐在车上的竟是昨晚的她。即便在白天，她的脸也像笼罩在月色中一样。朋友在场，他们自然连招呼都没打一声。

"真漂亮啊。"

朋友说。他眺望着道路尽头的春山，没有半分犹豫地回应道：

———————————

①支那人：日本旧时对中国人的蔑称。

"是啊，挺漂亮的。"

二十八　杀人

阳光下的乡间小路散发出牛粪的臭味。他擦着汗，走在平缓的上坡路上。道路两边，成熟的麦子释放出好闻的气味。

"杀了他，杀了他……"

他口中不知不觉间反复念叨起这句话来。杀谁？——答案显而易见。他想起了那个留着平头，低三下四的男人。

黄澄澄的麦穗那头不知何时现出了一座罗马天主教堂的圆拱屋顶……

二十九　形状

那是个铁质酒瓶。不觉间，带有细纹的酒瓶教会了他"形状"之美。

三十　雨

他躺在宽大的床上，同她天南地北地聊。卧室窗外下着雨。文殊兰似乎要被雨水泡烂。她的脸依旧如同笼罩在月色当中一般。然而与她聊天对他来说还是有些无聊。他俯卧在床上，静静地点燃一支卷烟，想起与她共同生活已有七年。

"我爱这个女人吗？"

他自问道。答案连惯常关注自身的他自己都感到意外。

"我如今依旧爱她。"

三十一　大地震

那是一种仿佛熟透了的杏子的气味。他走在火灾过后的废墟中，隐隐闻到这股气味，感觉暴晒在烈日下的死尸味道也出乎意料地并不难闻。然而待站到死尸重重堆叠的池边后，他发现"目不忍睹"的说法绝非夸张。尤为触动他的是一具十二三岁的孩子的尸首。他看着这具死尸，感到一种近乎艳羡的情绪。"受神宠爱之人便会夭折"——他甚至想到了这句话。他的姐姐与同父异母的弟弟都被一把火烧毁了房子，而他的姐夫因为做伪证，目前正处于缓刑期……

"都死了算了。"

他驻足在焚毁的废墟之中，深切又情不自禁地如此想着。

三十二　吵架

　　他和同母异父的弟弟扭打争吵了一场。因为他的存在，弟弟无疑备受打压。同时由于弟弟的存在，他也无疑失去了自由。亲戚们一直要弟弟向他学习，可这对他来说无异于被人捆住了手脚。他们你抓着我，我抓着你，最后滚到回廊边。回廊前的院子里，一株百日红——他如今还记得分明——红艳艳地盛放在雨天里。

三十三　英雄

　　他不觉间透过伏尔泰家的窗户仰望外面的高山。冰河悬吊的山上连只秃鹰的影子都瞧不见。然而却有个个子矮小的俄国人执着地在山路上攀爬。

　　伏尔泰家也陷入黑夜后，他想着那个在山路上攀爬的俄国人，就着明亮的灯光写下一首个人色彩浓烈的诗作……

　　　　——最谨守十诫的你
　　最能打破十诫。

最爱民众的你

最轻视民众。

最具理想的你

最能认清现实。

你是我们东方孕育的

带着花草气息的电力机车……

三十四　色彩

　　三十岁的他不知何时爱上了一块空地。那块地上除了生长的苔藓，就只散放着几块砖，几片碎瓦，但在他眼里却和塞尚的风景画没有区别。

　　他突然回想起七八年前热情的自己，同时发觉七八年前的自己对于色彩一无所知。

三十五　滑稽人偶

　　他想过那种轰轰烈烈的生活，无论何时死去都不会留有遗憾。然而现实里却依旧要一直顾虑养父母和阿姨的眼光。这给他的生活制造了明、暗两面。他在一家服装店看到一个站立的滑稽人偶，想到自己有多么近似滑稽人偶。不过，超出自我意识的那部分，即他的第二自我，好歹在某则短篇中投注了自己的心愿。

三十六　倦怠

　　他和一个大学生走在一片芒草地上。

　　"你们应该还有十分旺盛的生活热情吧？"

　　"是啊——不过你也……"

　　"可我却没了，只剩下创作的欲望。"

　　这是他的真实心声。实际上，他早在不知不觉中丧失了生活的热情。

　　"创作欲也是生活热情吧。"

　　他没回答半个字。芒草红彤彤的穗头上不知何时清晰浮现出火山。他看着这座火山，内心产生了近乎艳羡的感情。然而连他自己都不清楚这是为什么……

三十七　越人

　　他遇到了可与他顶峰相争的女人。他创作出《越人》等抒情歌，稍微摆脱了这场危机。他心里难受，仿佛抖落了凝在树干上熠熠发光的雪花，这首歌便是他心情的写照。

　　　　风中飞舞的草帽
　　　　怎么都落不到地上
　　　　我的名字有何足惜
　　　　珍惜的唯有你的名字

三十八　复仇

　　在树芽掩映下的旅馆露台，他一边画画，一边看一个少年游玩，少年是七年前断绝往来的那个疯姑娘的独生子。
　　疯姑娘点燃卷烟，看他们玩乐。他陷在苦闷的情绪里，一直在画火车、飞机。幸而少年不是他的孩子。不过最让他痛苦的是，少年叫他"叔叔"。

少年不知跑到哪里去了以后，疯姑娘抽着卷烟，讨好地搭讪道：

"那孩子挺像你的吧？"

"不像。首先……"

"你给他做过胎教嘛。"

他把脸扭到一旁。内心深处甚至涌起了想掐死这个女人的暴虐欲望……

三十九　镜子

他在咖啡馆一角与朋友聊天。朋友吃着烤苹果，聊起近来天气寒冷一事。他听着朋友的话语，骤然察觉出矛盾。

"你还是单身吧？"

"哪有，下个月就结婚了。"

他不由得陷入沉默。咖啡馆墙壁上镶嵌的镜子里映出无数个他。好像冷冰冰地威胁着什么……

四十　问答

你为什么攻讦现代社会制度？

因为看到了资本主义孕育出的罪恶。

罪恶？我看你还没有分清善恶。你的生活如何？

——他与天使展开了如此一番问答，与戴着高筒礼帽，无愧于任何人的天使……

四十一　病

他开始受到失眠的侵扰，体力也日渐衰退。几名医生各自给他下了两三个诊断结果——胃酸过多、胃弛缓、干性胸膜炎、神经衰弱、慢性结膜炎、脑疲劳……

然而他自己很清楚病因何在。那就是以自己为耻，同时畏惧他们——畏惧他瞧不起的社会！

一个下雪的阴天午后，他在咖啡馆一角叼着一支点燃的雪茄，聆听对面留声机里流出的音乐。音乐奇妙地渗透了他的心。他等着音乐结束，走到留声机前，查看唱片上的标签。

Magic Flute——Mozart

他瞬间了悟。破了十诫的莫扎特肯定很受折磨。可莫扎特不一定和他一样……他垂着脑袋，安静地走回自己的桌子边。

四十二　众神的笑声

三十五岁的他行走在春日照拂的松林中，回想起自己两三年前写的一句话"众神不幸，无法像我们一样自杀"……

四十三　夜晚

夜晚再次迫近。汹涌的大海在暗淡的光线里接连激起水沫。他在这样的天空下第二次与妻子结婚。这令他们开心，可同时又感到痛苦。三个孩子与他们一同眺望海上的雷电。妻子抱着其中一个孩子，眼中泪光闪烁。

"那边有条船吧？"

"嗯。"

"桅杆折断了。"

四十四　死亡

他趁着一个人睡觉的机会，在窗格上系上带子，准备自缢。然而把脖子伸进去后，他突然对死亡产生了恐惧。他恐惧的不是死亡瞬间的痛苦。他再次拿起怀表，尝试记录自缢死亡所需的时间。些微的痛苦过后，一切都变得模糊起来。只要挺过这个阶段，肯定就会迈入死亡。他看着表上的指针，发现痛苦持续的时间有一分二十几秒。窗格外一片漆黑。黑夜中还传来凄厉的鸡鸣。

四十五　Divan[①]

Divan再次给他的心注入新的力量。那是他未曾知晓的"东方歌德"。他看到歌德悠然立在一切善恶的彼岸，艳羡到近乎绝望。在他眼里，诗人歌德的伟大更甚基督。歌德心里除了雅典卫城、耶稣受难地以外，还盛开着阿拉伯的玫瑰花。要是多多少少有点力量，能够追寻这位诗人的足迹该多好啊——

①Divan：歌德所著《西东诗集》。

待读完Divan，可怕的震撼平息过后，他不由得深深蔑视起被生活阉割的自己。

四十六　谎言

姐夫的自杀骤然击垮了他。他不得不照顾姐姐一大家子。未来于他而言，至少有如日薄西山那般昏暗。精神上的破产令他想要冷笑（他知道自己的一切恶劣和缺点），但他照旧一本接一本地读各种各样的书。说起来，就连卢梭的《忏悔录》都充斥着英雄式的谎言。尤以《新生》为甚——他从没遇到过如《新生》主人公那般浅陋放荡的伪善者。唯有弗朗索瓦·维庸走进了他的心。他在维庸的几篇诗作中看到了"美丽的雄性"。

维庸等待绞刑的身姿还出现在他的梦里。他无数次试图如维庸一般，坠入人生的谷底。然而他的境遇和肉体能量不允许他做出这样的事情。他日渐衰弱，正如从前乔纳森·斯威夫特见到的，一棵从枝梢末端开始枯萎的树……

四十七　玩火

　　她的脸容光焕发，如同朝阳照在薄冰上。他对她心怀好感，但并非爱恋。非但如此，他连她的一根手指都没触碰过。

　　"您一直想死吧。"

　　"是啊——不，与其说想死，不如说是活腻了。"

　　因为这番问答，他们约定一起去死。

　　"是柏拉图式自杀吧。"

　　"双人柏拉图式自杀。"

　　他不由自主地讶异于自己的平静。

四十八　死亡

　　他和她并没有死。不过如今依然没碰她一根手指这件事令他心满意足。她像什么都没发生似的时常找他聊天，还给了他一罐砒霜，对他说："只要有这个，我们互相就会觉得踏实。"

　　这确实给他的心带来了安定。他独自坐在藤椅上，凝视米槠树的嫩叶，不受控地反复思考着死亡给予他的平静。

四十九　天鹅标本

他想拼尽最后的力气写一本自传，但没想到对他来说并不容易，因为他如今还保有自尊心、怀疑主义倾向和利害盘算。他不由得蔑视这样的自己，然而另一方面又不由自主地觉得"所有人剥开那层皮都一样"。

"诗与真相"这个书名在他看来可以命名一切自传。他还清楚地明白，未必所有人都会被文艺作品触动。他的作品倾诉的内容只可能是与他的人生相差无几的同类人——这种想法也影响着他。因此，他决定简短地写出他的《诗与真相》。

写完《一个傻子的一生》后，他偶然在一家旧货店里看到了天鹅标本。天鹅仰脖而立，然而却连泛黄的翅膀都被虫子吃了。他想到自己的一生，泪水和冷笑齐齐翻涌上来。摆在他面前的只有两条路，要么发疯，要么自杀。他独自走在傍晚的道路上，决意等待缓缓将他摧毁的命运。

五十　俘虏

他的一个朋友疯了。他总在这个朋友身上感受到某种亲近。因为他比别人更为深切地明白这个朋友的孤独——藏在轻松的假面下的孤独。朋友精神失常后，他去探望了两三次。

"你和我被恶鬼抓住了，一只世纪末的恶鬼。"

朋友压低声音，对他如此说道。听闻两三天后，朋友在去温泉旅馆的途中还吃了玫瑰花。这个朋友住院后，他想起了不知何时赠予对方的一个陶土半身像，陶像的原型是对方喜爱的《检察官》作者。他想起果戈理也是发疯而死，不由自主地察觉到有什么力量在控制着他们。

他疲惫至极，最后冷不防读起拉迪盖的临终遗言，又一次感应到众神的笑声，"神兵神将们来抓我了"。他试图与自己的迷信和感伤主义做抗争。然而在肉体层面上，他不可能做出任何抗争。"世纪末的恶鬼"无疑确实折磨着他。他羡慕中世纪以神为力量的世人。但他终究无法信仰神——信仰神爱世人。那个连谷克多①都信仰的神！

①谷克多：法国诗人、小说家、剧作家、电影导演。因密友拉迪盖去世而改信天主教。

五十一　败北

　　他执笔的手也颤抖起来，嘴角还流出了口水。他的大脑只有在服用0.8克佛罗那①醒来后才能保持清醒，并且清醒的时间勉强只能维持在半小时到一小时之间。他只有在昏沉中熬过一整天，像拄着一支卷了刃的细剑。

（昭和二年六月 遗稿）

---

　　①佛罗那：一种早期使用的镇静催眠药物。

齿轮

一　雨衣

　　为了参加熟人的婚礼，我挎着包，从东海道深处的避暑地乘车前往一处车站。车道两边基本都是郁郁葱葱的松树。能否赶上前去东京的火车确实很不好说。车里除了我以外，还载了个理发店的老板。那人像颗枣子似的圆圆滚滚，下巴上蓄着小胡子。我一边留意时间，一边时不时与他聊上几句。

　　"有件怪事呢，听说××家大白天的都有鬼魂出没。"

　　"大白天都有啊。"

　　我看着远方被冬日夕阳映照的松山，漫不经心地应和着。

　　"不过天气好的时候不出来，雨天出来得最多。"

　　"是趁着雨天出来偷情吗？"

　　"您真会开玩笑……听说是只穿着雨衣的鬼魂。"

　　汽车鸣响喇叭，横停在车站。我作别理发店老板，走进车站里。前往东京的火车果然刚走了两三分钟。一个穿雨衣的男人坐在候车室的长椅上，心不在焉地看着外面。我想起刚刚听到的鬼魂之事，却只是苦笑了一下，决定去车站前的咖啡馆里等待下一趟火车。

这是家不大能称之为咖啡馆的咖啡馆。我坐到角落的桌子边，点了一杯可可。铺在桌上的油布是白底，上面用细细的蓝线随意勾勒出格子图案。油布各处已经露出了脏脏的帆布底。我喝着带有一股动物胶气味的可可，环顾无人光顾的咖啡馆。灰扑扑的墙上贴着几张"亲子盖浇饭""炸肉排"之类的字条。

"土鸡蛋，蛋包饭。"

这些字条让我感受到了接近东海道线的乡村风情。电车从麦田、卷心菜田间穿行的乡村……

坐上第二趟前去东京的火车已将近日暮时分。我往常总是坐二等座。不过这次为便宜行事，坐了三等座。

火车里很是拥挤。坐在我前后的还都是小学的女学生，似乎是要去大矶还是哪里徒步旅行。我点燃卷烟，看着这群小女孩。她们个个都很兴奋，嘴巴几乎一刻都没停过。

"摄影师叔叔，什么是恋爱场景？"

坐在我面前，跟着她们一起去徒步的"摄影师叔叔"果然试图绕开这个话题。然而一个十四五岁的女生还在不依不饶地抛出各种问题。我忽然发现这个女生的鼻子得了蓄脓症，不由得微微一笑。我旁边是个十二三岁的女学生，她坐在年轻的女老师腿上，一只手抱着老师的脖子，另一只手抚摩着老师的脸颊。不管和谁聊天，她总是时而抽空对老师说：

"老师，你好漂亮啊。你的眼睛很漂亮。"

她们给我的感觉比起女学生，反倒更像是女人，抛开连皮带肉地啃苹果、剥糖纸等行为来说的话……一个年纪大点的女学生从我身旁经过的时候，应该是踩到了谁的脚，便说了句"对不起"。只有她因为比其他人更加成熟，反倒才让我觉得像个学生。我叼着烟，不得不对怀有如此矛盾想法的自己抱以冷笑。

不知何时亮起电灯的火车终于抵达了郊外某个车站。我走下寒风凛冽的站台，走过一座桥，等待省线电车的到来。这时碰巧遇到了在某家公司上班的T君。等车的间隙里，我们聊起了萧条的经济。T君自然比我更懂这方面的事情。只是他粗壮的手指上戴着和萧条一点都不搭边的绿松石戒指。

"你戴的东西不得了啊。"

"你说这个？戒指是我一个去哈尔滨经商的朋友的，我把它买了。那家伙如今已不在人世，再也做不了合作社的生意了。"

我们坐的电车幸好没有火车那样拥挤。我们并排落座，天南海北地聊起来。T君今年春天才刚从巴黎的公司调回东京，因此有关巴黎的话题时不时也从我们的闲谈间冒出来，卡约夫人[①]、蟹肉料理、正在国外游历的某位殿下……

"法国没有我们想的那么困难，只不过法国人向来不喜欢纳税，内阁才总是垮台……"

"可法郎暴跌了呢。"

"你是看报纸这么写的吧。你换到法国那边看看，报纸上还说日本接连不断地发生地震、洪灾。"

这时，一个身穿雨衣的男人走过来，在我们对面坐下。我有点起鸡皮疙瘩，不知怎的，就想给T君讲先前听到的鬼魂的传闻。然而T君已经当先把手杖柄转到左边，照旧看着前方，小声对我说：

"那边有个女人，看到了吧？披灰色毛线披肩的……"

"那个留西式发型的女人吗？"

"嗯，怀里抱着个包袱的。她今年夏天去过轻井泽，穿的洋装还挺时髦的。"

---

①卡约夫人：时任法国财政大臣的夫人，枪杀了中伤丈夫的《费加罗报》主编。

然而女人的打扮在任何人看来绝对都有够寒酸。我一边与T君聊天，一边悄悄观察那个女人。女人眉间藏着癫狂之色，怀里的包袱皮中露出像是豹子一样的海绵动物。

　　"在轻井泽的时候，她还和年轻的美国人跳舞来着。现代……叫什么给忘了。"

　　我与T君作别时，穿雨衣的男人早已不知去向。我拎着包，从省线电车的车站走去一家旅馆。道路两边基本都是大房子。我走在路上，不经意间想起了松林，视线里还出现了一个奇异的东西。奇异的东西？——一个不停旋转的半透明齿轮。我之前也经历过好几次这样的事情。齿轮的个数逐渐增多，遮挡了我一半的视野。不过这种情况并没有持续很长时间，不久后齿轮便消失不见，紧接着我开始感到头痛——每次都是如此。因为这种幻觉（？），眼科医生再三叫我少抽点烟。可二十年前，在我还没开始抽烟的时候，齿轮也照样出现过。我心道又来了，一只手遮住右眼，想试试左眼视力如何。左眼果然什么都没有，可右眼皮下能看到好几个旋转的齿轮。我看着道路右侧的大房子渐渐离开视线，一刻不停地大步走在路上。

　　进入旅馆玄关时，齿轮已经消失不见。然而头还是疼。我寄存了外套、帽子，顺便要了间房，而后给杂志社打电话谈钱的事。

婚礼晚宴似乎开始了有段时间。我坐在桌子一角，拿起刀叉开动。以正对面的新郎新娘为首，坐在白色凹字形桌边的五十几个人自然个个喜气洋洋。然而我的心情却在明亮的灯光下逐渐阴郁。为了摆脱这种情绪，我与邻座的客人聊起了天。那是个像狮子一样留着络腮胡的老人，还是我熟知的某位著名汉学家。我们的话题于是不知不觉间落到了古典上面。

　　"麒麟其实就是独角兽。还有凤凰，也是不死鸟……"

　　这位著名汉学家对我的讲述似乎很感兴趣。我机械地说着说着，渐渐萌发出一股病态的破坏欲。我说尧、舜都不是真实存在的人物，甚至说出了《春秋》的作者是春秋时代过去很久之后的汉代人这种话。汉学家于是明显露出不快的神色，看都不看我一眼，咆哮着打断了我。

　　"如果尧、舜不存在，孔子就是在撒谎。圣人不可能撒谎。"

　　我自然闭口不言。而后再度拿起刀叉对付盘里的肉。这时，我看到一条蛆虫在肉的边缘静静蠕动。它唤起了我脑海中一个叫"Worm"的单词。这个单词无疑也是指某种传说中的动物，和麒麟、凤凰一样。我放下刀叉，看着不知何时倒进了香槟的酒杯。

　　晚宴终于结束后，我走在不见一丝人影的回廊上，准备回先前订的房间。回廊给我的感觉比起旅馆，更像是监狱。幸而唯有头痛已在不知不觉中得到缓解。

包就不说了，连帽子和外套也已送进我的房间。我看着挂在墙上的外套，仿佛看到自己就站在那里，连忙把外套丢到房间一角的衣柜，随后走到镜台前，久久对镜自顾。我的脸映在镜中，显露出皮肤下的骨相。那条蛆虫忽然从我的记忆里清晰地浮现出来。

我打开门来到走廊上，漫无目的地随处走动。通往大厅的角落里，一盏顶着绿色灯罩的高顶台灯亮闪闪地映在玻璃门上。它不知怎么就给我的心带来了平静。我坐到台灯前的椅子上，思绪四处乱飞。然而这里也不能安心坐上五分钟。身旁的长椅背上又挂着一件被人脱在这里的雨衣。

"明明都到了寒冬时节。"

我这么想着，再次走回回廊。角落的侍者休息室里不见一个人影，但他们说话的声音却隐约掠过我的耳朵。有人被问到什么，然后回答了一句"All right"。"好的"？——我不觉间急于想要知道他们说的是什么。"好的"？"好的"？到底说的是什么事呢？

不用说，我的房间当然是寂静无声的。只是房门开着，隐隐让我害怕。些微的犹豫后，我横下心走进房里。我故意

- 167 -

不去看镜子，坐到了桌前的椅子上。椅子是质地接近蜥蜴皮的蓝色山羊皮扶手椅。我打开包，拿出稿纸，准备继续写一则短篇。然而灌了墨水的钢笔迟迟未动，终于落到纸上的时候，写出来的尽是同一句话。All right... All right... All right sir... All right...

就在这时，床侧的电话突然响起。我惊得站起身，拿起听筒放到耳边。

"哪位？"

"我啊，我……"

是我姐姐的女儿。

"怎么了？有什么事吗？"

"嗯，不得了了。我说……发生了不得了的大事。刚刚我还给姑母打了电话。"

"不得了的大事？"

"是啊，你赶快过来吧，赶紧的啊。"

她说完就挂了电话。我放回听筒，下意识地按下呼叫铃按钮，自己都清楚地意识到手在发抖。简单的按铃没能叫来侍者。比起焦躁，我更加感到痛苦。我一遍又一遍按下呼叫铃，终于理解了命运教给我的"All right"。

那天下午，姐夫在离东京不远的乡下被火车轧死，当时还披着不合时宜的雨衣。我眼下依然在旅馆房间里写之前没写完的短篇。午夜时分的回廊无人经过，不过时而会听到门外传来的振翅声，大概是哪个地方养了鸟吧。

二 复仇

上午八点左右，我在旅馆房间里醒来。正准备下床，发现拖鞋竟神奇地只剩一只。这是近一两年来总让我感到恐惧、不安的现象，还会让我想起希腊神话里只穿一只草鞋的王子。我按铃呼叫侍者，让他帮我找那只不见了的拖鞋。侍者面露讶异，绕着狭小的房间找了一圈。

"找到了。在浴室里。"

"怎么又到浴室去了啊？"

"谁知道呢，可能是老鼠叼过去的吧。"

侍者离开后，我喝着没加牛奶的咖啡，给之前的小说收尾。四边用凝灰岩围起的窗户正对着下雪的庭院。我每每停笔，都会呆呆地凝望这场雪。雪花落在长出花苞的瑞香下，被城市的煤烟熏脏。眼前所见让我的心没来由地感到伤痛。我抽着卷烟，不觉间已停笔不动，漫无目的地想着各种事。我想到了妻子、孩子们，尤其是姐夫……

姐夫自杀前还顶着纵火的嫌疑。这也是没办法的事。毕竟他在房子烧毁之前买了相当于房产价格两倍的火灾保险，还因为做伪证正处于缓刑期。不过比起他的自杀，更令我不安的是每次回东京必定都会亲眼看见烈火燃烧的情景。要么是坐火车时看到山火，要么是乘车时（当时妻儿也在）看到常磐桥一带的火灾。这些经历使我早在他们家烧毁之前，便自然而然地预感到将有火灾发生。

"今年我家可能要失火呢。"

"怎么说这种不吉利的话……要真的失火就完了。保险也没买……"

我们聊起过这样的话题。然而我的房子安然无恙——我竭力打消自己的胡思乱想，再次执笔写作。可钢笔怎么都无法顺畅地写出一行字。终于，我从桌边离开，躺到床上，读起了托尔斯泰的《波里库什卡》。这部小说里的主人公是个虚荣心、病态欲望、名利心交织的复杂人物。他一生经历的悲喜剧稍加修改，俨然就是我一生的写照。我在他经历的悲喜剧中感知到命运的冷笑，逐渐泛起寒意。看了还不到一个小时，我就从床上一跃而起，用力把书丢到垂着窗帘的房间一角。

"去死吧！"

书丢过去，一只硕大的老鼠从窗帘下斜跑进了浴室。我飞奔到浴室，打开门，在浴室里找了一圈。然而就连白色浴缸的阴影里都没看到一根鼠毛。我突然觉得害怕，慌忙换上鞋去了无人的回廊。

回廊还是像监狱一样阴沉沉的。我垂着头，一会儿上几个台阶，一会儿下几个台阶，不知什么时候走进了厨房。厨房出乎意料地明亮。炉灶沿一侧排开，好几个里面还烧着火。我穿过厨房，感觉到了头戴白帽的厨师们冷淡打量的视线，同时也感觉到自己坠入了地狱。"神啊，惩罚我吧。勿要恼怒，我恐将消亡"——祈祷的话语也在这一瞬间自然而然地从我嘴里脱口而出。

我走出旅馆，沿着蓝天映照下化了雪的道路匆匆赶往姐姐家。沿街公园的树木枝叶全都已经发黑了。每棵树都像我们人类一样具备前、后两面。比起不快，它们更让我感到恐惧。我想起但丁笔下的地狱里化为树木的鬼魂，改走到全是建筑的电车线对面。然而这边也就安心地走了有一百多米。

"碰巧路过，打扰一下……"

说话的是个身穿金色纽扣制服，年纪二十二三岁的青年。我沉默地盯着这个青年，发现他鼻子左侧有颗黑痣。他摘下帽子，怯怯地说：

"您是A先生吗？"

"是的。"

"我就觉得是……"

"您有何贵干？"

"没有，只是想见见您。我也是老师您的忠实读者……"

我这时已经拿着帽子，甩开他走了出去。老师、A老师——这是我近来最讨厌听到的话。我认为自己触犯了一切罪孽，而他们总是动辄称呼我为老师。这让我不由得从中感觉到有什么东西在嘲弄着我。是什么？——然而我的唯物主义倾向天然拒绝接纳神秘主义。就在两三个月前，我还在一家小小的同人杂志上发表了这样一段话——"包括艺术的良心在内，我没有任何良心。我所拥有的唯有感觉"……

姐姐和三个孩子住在靠里的露天板房里避难。贴着褐色纸壳的板房里面比外面还冷。我们烤着火，聊各种事情。身材魁梧的姐夫本能地瞧不起比一般人细瘦的我，还公然宣称我的作品没有道德。我总是冷冷俯视这样的他，从未与他无拘无束地说过话。这回和姐姐聊着聊着，我逐渐领悟到他也和我一样坠入了地狱。他曾说什么在长途卧铺车里看到了鬼魂。我点燃卷烟，尽力只顾着聊钱的事情。

"都到这个时候了，我想着把能卖的都卖掉。"

"是啊。打字机总能换几个钱。"

"嗯，还有画。"

"那N（姐夫）的肖像画也卖吗？可那个……"

我看到挂在板房墙上，没有裱框的炭笔画，感觉自己一个不留意，开了不该开的玩笑。听说姐夫因为是被火车轧死的，连脸都完全变成了一团烂肉，只剩一点胡须。不消说，这个话题本身无疑就有点恶心。然而他的肖像画虽然画得很细，却不知怎的，唯有唇上的胡子看不分明。我心想莫非是光线的问题，就从各个方位观察那张炭笔画。

"你在干什么？"

"没什么……就是觉得那张肖像画嘴巴上面……"

姐姐微微转身，若无所觉般回道：

"是觉得胡子怪怪的，画稀疏了吧。"

我眼前所见并非错觉。可要不是错觉——我想趁着还不到做午饭的时候离开姐姐家。

"没什么，也不打紧。"

"我明天再来……今天还要去青山①。"

"啊，青山？身体还是不舒服吗？"

"一直在吃药。光安眠药就够我受的了。佛罗那、神经

---

①青山：东京地名。芥川曾因神经衰弱在青山脑科医院接受院长斋藤茂吉诊治。

安定剤、曲砜那、ヌマアル①……"

三十分钟后，我进入一栋大楼，坐电梯上了三楼。我准备推开一家餐厅的玻璃门走进去，可玻璃门却纹丝不动，门上还挂了块涂漆的木牌，上面写着"休息日"。我渐渐感到不快，看到玻璃门那头的桌上摆着的苹果、香蕉，再次回到街边。这时，两个看着像是上班族的男人愉快地聊着天走进大楼，与我擦肩而过，其中一个好像说了句"真着急啊"。

我站在路边等出租车。车不好等，偶尔过来几辆，还都是黄色的（不知道为什么，黄色出租车总是把我卷入交通事故）。等着等着，我看到了吉利的绿色出租车，便搭车去了靠近青山墓地的脑科医院。

"焦躁——tantalizing——Tantalus②——Inferno……"

Tantalus说的就是透过玻璃门看到水果的我自己。我诅咒着又一次浮现在眼前的但丁笔下的地狱，紧紧盯着司机后背。其间渐渐觉得一切事物都是谎言。政治、实业、艺术、科学——对我来说全都只是用来隐藏这可怕人生的杂色釉漆。我

---

①译者注：未查到ヌマアル的对应译文，应为一种镇定剂药物。

②Tantalus：古希腊神话中的人物坦塔罗斯，宙斯之子。因泄露父亲秘密被打入地狱。只要想喝水，湖水就会消退，面前吊着果实却吃不到，永受饥渴之苦。

逐渐呼吸困难，摇下车窗。然而心脏被什么东西紧紧绞住的感觉却并未消散。

绿色出租车终于开到了神宫前一带。这里应该有条巷子，拐过去就是一家精神科医院。然而唯独今天我却不知该怎么走。我让司机沿着电车路线来来回回跑了好几次，最终作罢下车。

我终于找到那条巷子，七弯八拐地走在泥泞不堪的路上。不知何时弄错方向，走到了青山殡仪馆前。自十年前夏目老师的告别仪式以来，我一次都没从它门前走过。十年前的我也不幸福，但至少是平静的。我看着门内的碎石路面，想起"漱石山房"的芭蕉树，不由感觉自己的一生也算告了一段落。

走出精神科医院大门后，我再次乘车回到先前的旅馆。进了旅馆玄关，只见一个穿着雨衣的男人正和侍者争执着什么。侍者？——不对，是穿着绿色衣服的泊车员。进入这家旅馆总让我感觉不吉利，我很快又折回到来时的路上。

走到银座大道已近日暮时分。两边鳞次栉比的商店和目不暇接的人流令我不由得越发忧郁。尤为不快的是，来往行人步履轻快，好像根本就不知道自己犯下的罪孽。不大明亮的天色里混进了灯光，我只一个劲儿地往北边走。走着走着，一家堆着杂志的书店吸引了我的目光。我走进书店，漫无目的地仰视隔了几层的书架，而后决定看《希腊神话》。黄色封面的《希腊神话》似乎是写给孩子看的，然而凑巧读到的一行字给了我突如其来的沉重打击。

"最伟大的宙斯也敌不过复仇之神……"

我离开书店，汇入人流，感应着不知从何时起始终盯着我开始佝偻的背影，伺机行事的复仇之神……

三　夜晚

我在丸善书店二楼的书架上找到斯特林堡的《传说》，一目十行地扫了一遍。书里写的基本和我的经历相差无几，封面是黄色的。我把《传说》放回书架，顺手又抽出一本厚书。书里有幅插画，画的尽是和人一样有鼻子有眼睛的齿轮（这是一个德国人收集的精神病患者的绘画作品集）。我感到忧郁的情绪里不知何时生出了反抗精神，有如破罐子破摔的赌徒一般翻开一本又一本书。却不知怎的，每本书的文字或是插画里必定都或多或少地藏匿着刺痛我的毒针。每本书？——就连在拿起反复读了无数遍的《包法利夫人》时，我都觉得自己说到底也就只是中产阶级的包法利先生[①]……

　　将近日暮时分的书店二楼似乎只剩我一个客人。我就着灯光流连书架之间，然后在一块挂着"宗教"牌子的书架前驻足，看了本绿色封面的书。这本书目录的其中一章写着"四个可怕的敌人——怀疑、恐惧、傲慢、官能欲望"。我一看到这个标题，反抗之心更甚。这些被称为敌人的东西，至少于我而言，都是感受性与理智的化名。我越来越无法忍受传统精神也像现代精神一样令我陷入不幸。我拿着《包法利夫人》，不经意间突然想起用作笔名的"寿陵余子[②]"。那是《韩非子》中写到的一个少年，还没学会邯郸人走路的步法，先把寿陵的步法忘了，结果匍匐爬回了家乡。如今的我在任何人看来无疑就是"寿陵余子"。而尚未坠入地狱时的我也用过这个笔名——我从大大的书架前走开，竭力挥散胡思乱想，走进正对面的海报展览室。然而展览室里也有一张海报，海报上是圣乔治的骑士独自杀死了一条长着翅膀的巨龙。骑士头盔下半露出蹙着眉头的脸，很像我的一个敌人。我又想起《韩非子》中讲屠龙之

---

　　①包法利先生：《包法利夫人》中女主人公的丈夫，平凡的乡村医生，平庸中产阶级的典型人物。

　　②寿陵余子：出自中国典故。寿陵为战国时代的燕国地名，余子意为不满二十岁的少年。

技的典故，没再往里走，直接下了宽阔的台阶。

我走在夜幕下的日本桥大道，不断思索着"屠龙"这个字眼。我的砚台上就刻着这个铭文。砚台是一个年轻的企业家送给我的。他尝试了各行各业都以失败而告终，最终在去年年末宣告破产。我仰望高远的天空，心想这无数的星光中，地球到底有多渺小呢——我自己又有多渺小呢？说起来，白天还晴朗的天空也在不知不觉间完全阴沉下来。我突然感觉到不知何处而来的敌意，躲进了电车线对面的一家咖啡馆。

确实就是"躲"。我从咖啡馆玫瑰色的墙壁里感受到近乎平和的情绪，终于轻松地在最靠里的桌子边坐了下来。幸而除我以外只有两三个客人。我点了一杯可可，如同往常般抽起了卷烟。青色烟雾在玫瑰色的墙上缓缓缭绕而上，调和出的柔和色调令我感到愉悦。然而片刻后，看到左边墙上挂着的拿破仑肖像画，我又开始感到不安。拿破仑还是学生时，在地理笔记本的最后一页写下了"圣赫勒拿，小岛"。或许这是如我们所说的巧合，但它确实唤起了拿破仑自己的畏惧……

我盯着拿破仑像，思考起了自己的作品。最先从记忆里浮现出来的是《侏儒的语言》中的格言（尤其是"人生比地狱还像地狱"这句）。然后是《地狱变》的主人公——画师良秀的命运。再然后……我抽着烟，环视咖啡馆内部，借以摆脱这些记忆。我躲到这里还不到五分钟，而咖啡馆已在短短时间里完全变了样。尤为令我不快的是仿红木的桌椅与周边的玫瑰色墙壁一点都不协调。我害怕再次坠入不可见的痛苦中，丢下一枚银币后，立马就想离开这家咖啡馆。

"稍等，稍等，您给的是二十钱……"

丢出去的是一枚铜币。

我心怀屈辱，独自走在路上，突然间想起位于遥远松林中的家。不是郊外的养父母家，而是为以我为中心的小家租借的房子。我差不多十年前住在那个房子里，然而因为一些缘由，未加考虑便开始与父母同住，同时也变成了奴隶、暴君、无力的利己主义者……

回到先前的旅馆差不多已是晚上十点。走了远路的我没有力气回到自己的房间，就在烧着粗柴的炉子前坐下来，而后思考起一直计划着的长篇小说。我准备以推古至明治各个时代的民众为主人公，按时代顺序撰写三十多则短篇。我看着飞舞而上的火星，不经意间想起宫城前的那座铜像。铜像身着甲胄，高高跨坐马上，俨然忠义之心的本体。他的敌人是——

"撒谎！"

我从遥远的过去回到邻近的现代。正在这时来了个前辈雕刻家。他依然穿着一身天鹅绒衣服，短短的山羊胡向上翘起。我从椅子上站起身，握住他伸出来的手（握手不是我的习惯。我是遵从在巴黎、柏林度过半生的他的习惯）。不可思议的是，他的手就像爬虫类的皮肤一样湿润润的。

"你留宿在这里吗？"

"是啊……"

"来工作的？"

"嗯，也有工作。"

他紧紧盯着我的脸。我从他的眼里看出了探寻的意味。

"要不要来我房间聊聊天，如何？"

我挑衅地说道（明明缺乏勇气，有时却会骤然发起挑衅，这是我的坏习惯之一）。他于是微笑着反问："你的房间在哪儿？"

我们如同密友一般并肩走在聊天的外国人中间，静静地往我的房间走去。他一到房间，就背对着镜子坐下来，然后说起了种种事情。种种事情？——大都是和女人有关的。我无疑是个因为犯罪坠入地狱的罪人。然而正因如此，道德败坏的事情越发令我忧虑。我一时间化身清教徒，嘲讽起那些女人来。

"你看S小姐的嘴唇。就是因为和很多人接过吻，所以……"

我骤然闭口，盯着镜子里他的背影。他的耳朵下方贴着黄色的膏药。

"和很多人接过吻？"

"感觉她会是那样的人。"

他微笑着颔首。我感觉他的内心在不断窥探着我，试图探知我的秘密。而我们的话题始终没有从女人身上挪开。我与其说憎恶他，不如说是为自己的畏缩而羞耻，不受控制地越发忧虑。

他终于回去以后，我躺到床上，读起了《暗夜行路》。主人公的精神斗争无一不令我深有感触。我感受到了自己和主人公比起来是多么愚蠢，不觉落下泪来。泪水同时也让我的心绪得以平静。然而平静还没持续多长时间，我的右眼就再次看到了半透明的齿轮。齿轮依旧转动着，数量逐渐增多。我害怕头痛又犯，就把书放到枕边，喝了0.8克佛罗那，总算睡了个好觉。

我在梦里看着一个水池。小男孩小女孩在水池里或游泳或挣扎。我离开水池，走去前面的松林，这时不知是谁在身后叫我"孩子他爸"。我微微转过身，看到了站在水池前的妻子，与此同时产生了强烈的后悔。

"孩子他爸，要毛巾吗？"

"不需要，你看好孩子们。"

我再次迈开步子。然而身处的地方不知何时变成了站台。站台围着长长的树篱，看着像是乡村车站。大学生H和一个上了年纪的女人也站在这里。他们一看到我，就走上前来，你一言我一语地说：

"火势真大啊。"

"我终于逃出来了。"

我总觉得上了年纪的女人看着有点眼熟，并且和她聊天时还会感到一种愉悦的兴奋。这时，火车喷着烟，静静停在站台。我独自上车，走在两边挂了白布的卧铺之间。有个像是木乃伊的裸体女人面朝我躺在一张卧铺上。无疑便是我的复仇之神——那个疯姑娘……

我刚睁开眼，立马不假思索地跳下床。我的房间依旧被灯光照得通明。然而不知何处传来振翅声和老鼠咯吱咯吱咬东西的声音。我打开门来到回廊，急匆匆走到先前的炉灶前，随后坐到椅子上，望着忽闪的火焰。这时，一个穿着白色衣服的厨师走过来添柴。

"几点了？"

"三点半左右。"

对面大厅的角落里有个像是美国人的女人正在看书。虽然隔得远，还是能看出她穿的肯定是条绿色的裙子。我仿佛得到了救赎，一直待在这里等待天明，如同常年受病痛折磨，最后平静等待死亡的老人一般……

四　尚未？

我终于在这个旅馆房间里写完那则短篇，寄给了一家杂志社。只是稿费还抵不上住宿一周的房费。但完工这件事令我心满意足，为了获取精神补给，我去了银座一家书店。

冬日阳光照耀下的沥青路面上散着点纸屑。大概是由于光线的缘故，纸屑看起来就和玫瑰花没什么两样。我感受着善意走进书店。书店也比平日更加整洁一些。只是有个戴眼镜的小姑娘在和店员说话，多少干扰了我。我想起落在路上的纸屑玫瑰花，买下了《阿纳托尔·法朗士谈话集》和《梅里美书信集》。

我抱着两本书走进一家咖啡馆，坐在最里面的桌子边等待咖啡送到。我前面坐了两个人，像是一对母子。儿子比我年轻，但长得几乎和我一模一样。他们如同恋人一般脸贴着脸说话。我看着他们，渐渐发现儿子也在有意从男性的角度给予母亲安慰。这是我有所记忆的亲和力表现形式之一，同时绝对也是令现世成为地狱的某种意志之一。不过——我害怕再次陷入痛苦当中，幸好这时咖啡送到了，我于是读起了《梅里美书信集》。这本书信集也如梅里美的小说一般，不时闪现尖锐的警世箴言。这些箴言不觉间令我心绪坚硬如铁（容易受影响也是我的弱点之一）。喝完一杯咖啡后，我已经无惧一切，麻利地离开了咖啡馆。

我走在路上，边走边看各类橱窗。一家画框店的橱窗展示着贝多芬肖像画，栩栩如生地画出了头发倒竖的天才。看着这个模样的贝多芬，我不禁感到好笑……

这么走着走着，忽然就碰到了高中时代的旧友。这位应用化学专业的大学教授抱着个大大的折叠包，一只眼睛通红，还在流血。

"你眼睛怎么了？"

"这个？只是结膜炎犯了而已。"

我忽然间想起这十四五年来，每当感受到亲和力的时候，我的眼睛就会像他现在这样犯起结膜炎。但我什么都没说。我拍拍他肩膀，聊起了我们的朋友。聊着聊着，他带我走进一家咖啡馆。

"好久没见了啊。最后一次见面还是在朱舜水碑的立碑仪式上吧。"

他点燃卷烟，隔着大理石桌子对我说道。

"是啊，朱舜……"

不知怎的，我就是没法正确念出"朱舜水"这个词。它明明是日语，这让我稍稍有些不安。然而他直接略过去，聊起了其他各种事情。小说家K、他买的斗牛犬、一种叫路易斯气的有毒气体……

"你都没写什么东西了。《点鬼簿》我倒是看了……是你的自传吗？"

"嗯，是的。"

"写得有点病态。近来身体可好？"

"还是老样子，尽在吃药。"

"我最近也失眠。"

"也？——为什么说'也'？"

"你不是也说自己失眠嘛。失眠可是很危险的哦……"

他单有充血的左眼浮现类似微笑的神情。我在回他话前，察觉自己没法正确发出"失眠"的"眠"这个音。

"对疯子的儿子来说，早就习以为常了。"

不出十分钟，我再次独自走在路上。落在沥青路面上的纸屑有时看起来也像是人脸。一个留齐脖短发的女人从对面走来。她远看的时候很美，然而走到我面前后再看，只见脸上长有细小皱纹，人也很丑，并且似乎还怀孕了。我下意识地扭开脸，在宽阔的巷子里拐了个弯。然而走了一阵后，痔疮犯了。这种疼痛除了坐浴外别无其他治疗办法。

"坐浴——贝多芬也用过坐浴疗法……"

坐浴时用的硫黄的气味忽然袭来鼻端。然而不消说，路上哪里都没看到硫黄。我又一次想起宛如玫瑰花的纸屑，一边回想一边努力往前走。

差不多一小时后，我关在房间里，面向窗前的书桌，开始创作新小说。钢笔唰唰行走在稿纸上，连我都觉得不可思议。然而也就两三个小时后，仿佛被什么看不见的东西按住一般停了下来。我只得从桌前离开，在房间里来回踱步。我夸张的幻想在这种时候最为明显。我沉浸在野蛮的愉悦中，感觉自己没有父母，也没有妻儿，唯有从我笔尖流泻而出的生命。

然而四五分钟后，我不得不接起电话。电话那头无论说多少遍，传过来的都只有模糊不清的字眼。不过可以确信的是，听着像是"摩尔"的发音。我最终挂掉电话，又一次在房间里走来走去。然而"摩尔"这个词竟一直萦绕心头。

"摩尔——mole……"

摩尔是鼹鼠的英文发音。这对我来说不是什么令人高兴的联想。不过两三秒后，我把mole重新拼作了la mort。la mort——意为"死亡"的法语突然令我感到不安。死亡似乎如同逼近姐夫一般逼近了我。而在不安中，我又觉出好笑，甚至不知何时露出了微笑。好笑从何而来？——我自己也不得而知。我久违地站到镜子前，直面自己的身影。镜子里的人影自然也在微笑。我盯着人影，渐渐回想起第二自我。第二自我——我自己幸而从未见过德国人所谓的Doppelgaenger①。但成为美国电影演员的K君夫人曾在帝国剧场的走廊里看到过我的第二自我（我记得有次冷不防听她说"前些天没来得及和您打招呼"，当时还不知其意）。还有个只有一条腿的已故翻译家也在银座一家烟草店见过我的第二自我。死亡也许不会造访我，而是造访我的第二自我。就算降临到我头上又怎么样呢——我在镜子前转过身，走回到窗前的书桌边。

四边用凝灰岩围起的窗户露出枯草和池塘。我眺望着庭院，想起了在远方松林中烧毁的几册笔记和尚未完工的剧本。而后拿起钢笔，再次写起了新小说。

五 红光

阳光开始折磨我。我就像鼹鼠一样，放下窗前的窗帘，

---

①Doppelgaenger：（活人的）幽灵，面貌相似的人，另一个我。

大白天也开着灯，继续一心写先前的小说。写累了，我翻开泰纳的英吉利文学史，阅读诗人们的一生。他们每个人都是不幸的。就连伊丽莎白时代的巨匠们——一代学者本·琼森都陷入了神经疲劳，以至于在大脚趾上看到罗马与迦太基开战。我从他们的不幸中情不自禁地感受到充满残酷恶意的欢愉。

一个东风强劲的晚上（这对我来说是个吉兆），我穿过地下室来到街上，前去拜访一位老人。他住在一家圣经公司的阁楼里，只雇了个勤杂工，每日埋头于祷告和阅读。我们烤着火，在挂在墙上的十字架下聊了许多。我的母亲为何发疯？我父亲的事业为何失败？我因何受罚？——知晓这些秘密的他奇异地露出庄严的微笑，一直聆听我的倾诉，时而还言简意赅地讽喻人生。我不能不尊敬这位阁楼隐士。不过聊天过程中，我渐渐发现他也受了亲和力的驱使——

"那家花卉店的女儿长得漂亮，性格又好——她待我很和善。"

"多大？"

"今年十八了。"

他或许是怀着类似父亲的感情，我却不由自主地从他眼里看到了热情。他招待我吃的苹果不知何时也在黄澄澄的果皮上现出了独角兽的身姿（我时常在木纹或咖啡杯龟裂的地方看到神话传说里的动物）。独角兽无疑就是麒麟。我想起某位对我抱有敌意的批评家称呼我为"十九世纪一〇年代的麒麟儿"，顿时感觉这个挂了十字架的阁楼也并非安全地带。

"最近过得如何？"

"精神还是焦躁得很。"

"你这个情况吃药也没用，要不要皈依基督教？"

"如果可以的话……"

"这个一点也不难。只要相信神，相信神的儿子基督，相信基督显示的奇迹……"

"我倒是可以相信恶魔的存在……"

"那你为什么不相信神呢？如果相信阴影，那也不得不相信光吧？"

"可也存在没有光的阴影啊。"

"什么是没有光的阴影？"

我能做的只有一言不发。他也如我一般走在黑暗中，但比起阴影，他更相信光的存在。我们的逻辑差异唯有这一点。至少对我来说，这绝对是无法逾越的鸿沟……

"光是一定存在的。世上有奇迹就是证据……如今也还时不时出现奇迹呢。"

"那是恶魔显示的奇迹……"

"你怎么又提恶魔？"

我有种想将最近一两年来的亲身经历说给他听的冲动。可我又怕他转达给妻儿，我就也要像母亲一样住进精神病医院。

"那是什么？"

这个魁梧的老人转头看向陈旧的书架，露出牧羊神一般的表情。

"陀思妥耶夫斯基全集。您读了《罪与罚》吗？"

我自然早在十年前便已看过陀思妥耶夫斯基的四五部著作。然而碰巧（？）被他说的"罪与罚"这个词触动，就借来这本书，回了先前的旅馆。灯光辉映，人流如织的道路依旧令我不快。尤其是碰到熟人，怎么都忍受不了。我尽力选择黑暗的道路，走得像个小偷一样。

走了没多久，胃痛犯了。要想止痛唯有喝一杯威士忌。我看到一家酒吧，推开门就要走进去。然而狭小的酒吧里，只见几个艺术家打扮的青年在缭绕的烟雾中聚在一起喝酒。正中间还有个梳着低髻遮耳卷发的女人专注地弹着曼陀林。我忽然不知所措，直接折返了，没有走进去。这时我发现自己的影子在左右摇晃。照在我身上的是可怕的红光。我在路上止住动作，可影子却还是同先前一样不断地左右摇晃。我胆战心惊地转过身，终于发现了挂在酒吧房檐下的彩色玻璃灯。狂风吹拂，灯缓缓在空中晃动……

我接下来去的是一家开在地下室的餐厅。我站在餐厅的吧台前，点了一杯威士忌。

"威士忌吗？我们只有黑与白①……"

我把威士忌倒进苏打水里，沉默地一口口喝了起来。旁边是两个三十岁左右的男人，看着像是报社记者，他们正小声交谈着什么，用的还是法语。我背对着他们，感觉他们的视线落在我全身上下，就像电波一样传导到我的身体。他们似乎确实知道我的名字，正在谈论关于我的传闻。

"Bien... très mauvais... pourquoi？..."

"Pourquoi？...le diable est mort！..."

"Oui，oui...d'enfer..."②

我丢下一枚银币（这是我身上的最后一枚银币），逃出了这间地下室。夜风吹拂的道路安定了胃痛多少得以缓解的我的精神。我想起拉斯科尔尼科夫③，产生了忏悔一切的欲望。

––––––––––––––––––

①黑与白：一种英国产高级威士忌。

②三段话分别意为"真是……太糟糕了……为什么？……""为什么？……恶魔已死！……""对，对……地狱的……"。

③拉斯科尔尼科夫：小说《罪与罚》中的主人公。他受到无政府主义思想影响，为了证明自己的不凡，改变贫穷处境，谋杀了当铺老板娘。后来在宗教的感召下自首，希望忏悔获得重生。

而这欲望除了我自己——不，除了我的家庭以外，绝对也制造了其他的悲剧。非但如此，就连这欲望是否真实都很难说。要是我的精神能像普通人一样稳定就好了——为此我必须去往某个地方。马德里、里约、撒马尔罕……

这么想着的时候，一块挂在店铺屋檐下的小小白色招牌突然令我产生了不安。那是个给汽车轮胎加上了翅膀的商标图案。我看着这个商标，想起了借助人造翅膀飞到天上的古希腊人。他在空中飞舞，结果翅膀被阳光烧毁，最终溺海而亡。去马德里，去里约，去撒马尔罕——我不得不嘲讽自己的梦想，同时又不得不想到被复仇之神追杀的俄瑞斯忒斯。

我沿着运河走在黑暗的路上，其间回想起郊外的养父母家。养父母肯定日日等待着我回去，我的孩子们恐怕也是一样——可我一旦回去，就会不由自主地畏惧那股自然而然将我束缚的力量。波浪翻涌的运河水面上停着一艘达磨船①，船底露出隐约的光，那里无疑也生活着几个男女组成的家庭，依旧因为彼此相爱而彼此憎恨……我再度焕发了抗争精神，感受着威士忌带来的醉意，回到了先前的旅馆。

我又一次坐到桌边，继续看《梅里美书信集》。它在不

①达磨船：一种宽度超过长度的货船，因形似达磨（不倒翁）而得名。

知不觉间给了我生活下去的力量。而在得知晚年的梅里美皈依了新教后，我骤然感知到他藏在面具阴影下的脸庞。他也和我们一样走在黑暗中。黑暗中？——《暗夜行路》在我眼里开始变成一本可怕的书。为了忘却忧虑，我读起了《阿纳托尔·法朗士谈话集》，然而这位近代牧羊神照样也背负着十字架……

一小时后，侍者来到房间，递给我一沓书信。其中一封是莱比锡的书商寄来的，要我写一则题为"当代日本女人"的小论文。他们为什么特意要我来写呢？这封英文信件还手写添加了一则附言，说"就算是像日本画那样只有黑、白两色的女性肖像画，我们也很满意"。我看着这行字，想起名为黑与白的威士忌，把这封信撕得粉碎。接着随手打开另一封信，扫了眼黄色的信笺。写这封信的是个陌生青年。还没看完两三行，"您写的《地狱变》……"几个字眼就激起了我的焦躁。第三封信是外甥写来的。我总算松了口气，看起了家务事宜。然而就连这样一封信，到最后都给了我突如其来的一击。

"给您送上再版的歌集《红光》……"

红光！我感到有谁在冷笑，躲到了房间外面。回廊上空无一人。我一只手撑住墙壁，勉强走到大厅，坐到椅子上，姑且先点燃了烟。香烟不知为何变成了飞艇牌（自住进旅馆以来，抽的一直都是明星牌）。人造翅膀再次浮现在我眼前。我叫来对面的侍者，让他给我两盒明星牌香烟。不承想偏偏只有明星牌香烟卖完了。

"飞艇牌倒是还有……"

我摇摇头，环顾宽敞的大厅。对面有四五个外国人围在桌边聊天。其中有个人——一个身穿红色连衣裙的女人一边小声同他们讲话，一边时不时看看我。

"Mrs.Townshead..."

有什么肉眼不可见的东西对我窃窃私语道。我当然不认识什么汤森德小姐。哪怕是对面那个女人的名字——我又从椅子上站起身，担忧自己发疯，决定回自己的房间。

我本来打算一回房间就立马给精神病医院打电话。然而进精神病医院于我而言无异于死亡。一番激烈的挣扎后，我开始阅读《罪与罚》，借此挥散心头的恐惧。碰巧翻开的一页是《卡拉马佐夫兄弟》里的章节。我以为拿错了书，翻回去看了看封面。《罪与罚》——就是《罪与罚》没错。我感到命运驱使手指翻开了这本装订错误的书——又翻到了装订错的这一页上，不得已继续看了下去。然而还没看完一页，我就全身颤抖。这一节写的是被恶魔折磨的伊万。伊万、斯特林堡、莫泊桑，又或是身处这个房间的我……

能够拯救我的唯有睡眠。然而安眠药不知何时已经吃完了，一包都没剩下。我终究不堪忍受清醒着持续遭受折磨的痛苦，生出孤注一掷的勇气，叫人送来咖啡，拼命挥动笔杆。两页、五页、七页、十页——稿纸眼见着越写越多。我把各种超自然动物装进小说的世界里，还把自己的形象投射在其中一只动物身上。疲劳逐渐搅浑了我的大脑。我终于从书桌前离开，仰躺到床上。那之后好像睡了有四五十分钟。然而我又一次听到有谁在我耳边窃窃私语，一下睁开眼睛站起身。

"Le diable est mort.[①]"

凝灰岩围起的窗户外面不知何时笼上了清冷的晨光。我恰好站在门前，环视无人的房间内部。对面的窗玻璃被户外的空气熏得斑驳，显出小小的一片风景，是黄色松林前边的大海。我怯怯地走到窗前，发现造出这等景致的其实是庭院里的枯草和水池。这样的错觉不知不觉间唤起了我有如乡愁一般的情绪。

九点一到，我就给杂志社打去电话，总之考虑到钱的原因，我决定回家。我把书和文稿塞进放在桌上的包里。

----

①恶魔已死。

六　飞机

　　我乘车从东海道线的一个车站前往更深处的避暑地。这么冷的天气，司机不知为何披着件陈旧的雨衣。这个巧合令我毛骨悚然，我把目光投向窗外，尽力不去看他。于是便发现生长着低矮松树的对面——大概是条年代久远的街道上，走过了一支送葬的队伍。白灯笼和龙灯不在其列，但有金、银两色的人造莲花静静地摇曳在棺木前后……

　　终于归家后，拜妻儿和安眠药所赐，我过了两三天相当平静的日子。我住的二楼可以从松林之上隐约瞧见大海。我坐在二楼的书桌前，听着鸽子的叫声，只在上午写点东西。除了鸽子、乌鸦以外，时而也会有喜鹊飞进檐廊，让我感到愉快。

　　"喜鹊入堂来"——每当此时，执笔的我都会想到这句话。

　　一个微醺的阴天下午，我出门去杂货店买墨水。摆在店里的只有深褐色墨水。深褐色墨水是最令我不喜的墨水。无奈之下，我只得离开店铺，独自晃荡在行人稀少的路上。这时对面一个四十岁上下，看着像是近视眼的外国人耸着肩走了过来。他是住在这里的瑞典人，有被迫害妄想症，名字也叫斯特林堡。与他擦肩而过时，我的身体感知到了某种刺激。

这条路仅有两三百米长。就这两三百米的距离，半张脸乌漆抹黑的狗从我身旁过去了四次。我在巷子里拐着弯，想起了黑与白威士忌。而刚刚碰到的斯特林堡打的领带也是黑、白两色的。我怎么都无法把它们解释为巧合。如果并非巧合——我感觉自己好像只有大脑还在运动，便驻足停在了路上。路边的铁丝围栏里丢着个隐隐带点彩虹颜色的玻璃盆。盆底一圈有类似翅膀的浮雕花纹。几只麻雀从松树梢头飞落而下，然而一到玻璃盆附近，便都像约好了似的齐齐奔回空中……

我走到妻子娘家，坐在庭前的藤椅上。庭院角落的铁丝网里，几只白来航鸡静静地踱着步子。一条黑狗横躺在我脚边。我急于解开无人知晓的疑问，唯有表面还冷静淡然地与岳母和妻弟唠着家常。

"一来这里就觉得好安静啊。"

"比起东京是更安静一些。"

"这里也有吵闹的时候吗？"

"毕竟也在尘世嘛。"

岳母说着笑了起来。确实，这个避暑地无疑也在"尘世"之中。这里短短一年间发生过什么样的罪恶和悲剧，我都一清二楚。意图慢慢毒死病人的医生，放火烧养子夫妻房子的老太婆，想夺取妹妹资产的律师——看这些人家对我来说无异于在人生中看到地狱。

"镇上是有个疯子吧。"

"你是说小H吧。他不是疯子，是个傻子。"

"那个得了精神分裂症的家伙吧。我每次看到他都恶心得不得了。最近也不知道他打的什么主意，老去拜马头观音菩萨。"

"恶心……那你还得提高自己的忍受能力。"

"姐夫比我们强——"

胡子拉碴的妻弟也从床上直起身，如同往常一般客客气气地加入了我们的谈话。

"强者也有弱点……"

"哎呀哎呀，可别那么说。"

我看着如此说话的岳母，不苦笑都不行。妻弟便也微笑着眺望栅栏外遥远的松林，心不在焉地继续说了下去（大病初愈的年轻妻弟看起来时常就像脱离了肉体的精神本体）。

"以为巧妙地远离了尘世，结果发自人性的欲望还是非常强烈……"

"以为是好人，其实也是恶人。"

"哎，有没有什么比善恶更具冲突性的……"

"那就是大人中也有小孩吧。"

"不是这个。我说不清楚……但总之就像电的两级吧。同时带有正、反两面。"

就在此时，飞机剧烈的轰鸣声吓了我们一跳。我不由得抬头仰望天空，看到了几乎擦着松树枝梢飞上去的飞机。机翼涂成了黄色，是很少见的单翼飞机。鸡、狗受了惊吓，纷纷向四面八方奔逃。尤其是狗，边叫边夹着尾巴钻进了檐廊下。

"那架飞机会掉下来吗？"

"没事……姐夫听说过飞机病吗？"

我点燃卷烟，以摇头代替了回答。

"飞机上的人由于吸进去的全是高空的空气，渐渐就忍受不了地面的空气了……"

离开岳母家后，我走在连枝叶都一动不动的松林间，忧郁一点点堆积。那架飞机为什么没去别的地方，偏偏就从我头上飞过去了呢？那家旅馆又为什么单单只有飞艇牌香烟卖完了呢？我沉溺在种种疑问里，专挑无人的道路行走。

大海面朝低矮沙丘的一边显出的尽是阴沉的灰色。沙丘上立着一座没有秋千的秋千架。我望着秋千架，忽然间想起了绞刑架。秋千架上其实还停了两三只乌鸦，即便看到我来了，也都没有半点飞走的意思。正中间的一只乌鸦甚至还仰起大大的鸟喙叫了四声。

我沿着草木枯黄的砂石堤坝，弯弯绕绕地走在别墅林立的小路上。在这条小路右侧，高耸的松林间应该有一栋两层的白色木造洋房（我的密友称那栋房子是"春意栖居之家"）。然而走到原先房子所在的地方一看，水泥地基上唯有一个浴缸。火灾——我很快就想到了这个，没再往那边看，径直走开了。一个骑自行车的男人从正对面靠近过来。男人头戴深褐色鸭舌帽，眼睛转也不转，俯身贴近车龙头。我从他脸上突然看到了姐夫的影子，趁他还没来到面前时拐到了旁边一条小路上。这条小路中间却又躺着一只肚皮朝上的鼹鼠腐尸。

　　每迈出一步，有什么东西正在监视着我的感觉都让我油然升起不安。半透明的齿轮也一个接一个地遮挡住我的视线。我一边害怕着死亡的来临，一边昂首挺胸走在路上。齿轮的数量越来越多，随之突然开始转动起来。与此同时，右边松林的枝叶静悄悄地交织在一起，看过去就像隔了层纹路细腻的雕花玻璃。我感到心脏在剧烈跳动，好几次想在路边停下脚步。可身后就像被谁推着走似的，连停下来都难以做到……

　　三十分钟后，我仰面躺在居住的二楼上，一动不动地紧闭眼睛，忍耐剧烈的头痛。眼皮下这会儿开始显现一只翅膀，上面是鳞次栉比堆叠的银色羽毛。这只翅膀确实清清楚楚地映在我的视网膜上。我睁开眼仰望天花板，理所当然地没有看到这样的东西，而后再次闭上眼睛。银色的翅膀依旧清清楚楚地显现在黑暗之中。我忽然想起最近乘坐的汽车的散热器盖上也有翅膀图案……

有人慌慌张张地爬梯子上来，很快又咯吱咯吱地下去了。我知道那是妻子，猛地坐直身体，去了正位于梯子前面的昏暗饭厅，只见妻子伏低身子，一副上气不接下气的样子，肩膀抖个不停。

"怎么了？"

"没事，没什么……"

妻子终于抬起头，勉强挤出微笑，继续说道：

"没什么，只是不知怎的，感觉你好像就要死了……"

这是我一生中最为可怕的经历——我已经没有力气继续写下去了。活在这种情绪里是无法言喻的痛苦。有没有人能在我睡着的时候悄悄把我勒死？

（昭和二年四月七日）

在喧嚣的世界里，

坚持以匠人心态认认真真打磨每一本书，

坚持为读者提供

有用、有趣、有品味、有价值的阅读。

愿我们在阅读中相知相遇，在阅读中成长蜕变！

好读，只为优质阅读。

河童

策　　划：好读文化	装帧设计：所以设计馆
监　　制：姚常伟	内文制作：尚春苓
产品经理：罗　元　姜晴川	责任编辑：龚　将
特约编辑：多珮瑶	

图书在版编目（CIP）数据

河童/（日）芥川龙之介著；王星星译.—北京：
北京联合出版公司，2024.4
ISBN 978-7-5596-7323-7

Ⅰ.①河… Ⅱ.①芥…②王… Ⅲ.①短篇小说—小
说集—日本—现代 Ⅳ.①I313.45

中国国家版本馆CIP数据核字（2023）第242966号

河童

作　　者：〔日〕芥川龙之介
译　　者：王星星
出 品 人：赵红仕
责任编辑：龚　将

- -

北京联合出版公司出版
（北京市西城区德外大街83号楼9层　100088）
北京联合天畅文化传播公司发行
北京美图印务有限公司印刷　新华书店经销
字数120千字　840毫米×1194毫米　1/32　6.625印张
2024年4月第1版　2024年4月第1次印刷
ISBN 978-7-5596-7323-7
定价：49.80元

- -